Dragana Oberst **Jenseits
der weißen Linie**

Dragana Oberst # Jenseits der weißen Linie

Roman

Für Dragan, Oliver, Alexander und Leo

Die Bushaltestelle

Der Schnee in den Vororten Belgrads türmte sich an den Straßenrändern in schmutzigen Hügeln auf. Die Fußgängerpfade entlang der Bürgersteige erinnerten an abgetragene Maulwurftunnel. Wer sich entschied, einen solchen Pfad zu nehmen, reihte sich ein in eine endlose, sich träge vorwärts schiebende Menschenkolonne.

Zu dritt waren wir unterwegs, mein Bruder, ich und sie, unsere Mutter. Mein Bruder lief weit voraus und trug den Koffer. Seine viel zu kurzen Hosenbeine standen merkwürdig ab. Sie waren nass geworden und steif gefroren. Die braunen Schuhe hinterließen im frischen Schnee graphische Spuren. Neulich noch Inhalt eines Paketes des Roten Kreuzes, waren sie ihm ein ganzes Stück zu groß. Unsere Mutter folgte ihm und zog mich schräg hinter sich her. Ein Nebeneinander war nicht möglich auf dem schmalen Pfad. Meine Hand steckte in ihrer, tief in der Tasche ihres grauen Mantels. Es war zu kalt für die dünnen Seidenstrümpfe und ihre schwarzen Pumps, deren schmale Absätze bei jedem Schritt im Schnee versanken. Unter dem Mantel trug sie ihren Faltenrock und den weichen, hellen Pullover, das Beste, was sie hatte. Man musste sich ordentlich anziehen, wenn man nach Deutschland fuhr.

Der Kloß in meinem Hals schwoll an. Mein Kopf war sonderbar leer. Weg mit den Gedanken, ich wollte sie nicht. Einer blieb hartnäckig, er kehrte immer wieder zurück: Warum weinen wir nicht mehr?

In der Nacht hatten wir nichts anderes getan, lagen zu dritt in dem fremden Bett, in einem ungeheizten, kahlen Zimmer. Mein Bruder und ich umklammerten ihren warmen, weichen Körper, bleib hier, du darfst uns nicht allein lassen, was sollen wir denn tun ohne dich?

Sie hatte Mühe mit dem Sprechen, ich werde nicht lange weg sein, bald komme ich wieder und hole euch, oder ich habe bis dahin so viel Geld verdient, dass ich hierbleiben kann. Ihre Brust bebte, und sie streichelte unsere Köpfe, so kann es nicht weitergehen, wir wollen nicht von Almosen leben. Eines Tages werdet ihr das begreifen.

Noch begriffen wir gar nichts, irgendwann jedoch hatten wir keine Tränen mehr, und der Schlaf erbarmte sich.

Der Schnee an der Bushaltestelle war zu einer trüben, glatten Eisfläche gefroren. Habt acht, rutscht nicht aus, kommt her, ich will euch noch einmal umarmen.

Mein Bruder sagte nichts. Er war eigenartig blass. Sie zog ihn zur Seite und redete auf ihn ein, pass gut auf deine Schwester auf, du bist mein Großer und schon vernünftig.

Es kam Bewegung in die Menschenmenge an der Haltestelle, der Bus war zu sehen, er quälte sich langsam den Hügel herauf.

Sie hob den Koffer und ließ ihn wieder sinken.

Einer der Wartenden hatte uns zugesehen. Er trat näher und nahm ihr Gepäck, kommen Sie, junge Frau, steigen Sie ein, der Bus fährt gleich ab.

Die Falttür schloss sich nur mit Mühe hinter den Eingestiegenen, der Motor heulte wieder auf, der Bus schaukelte und setzte sich in Bewegung.

Wir standen regungslos da und schauten ihm nach. Es war still geworden, der nächste fuhr erst in einer halben Stunde. Die kalte Hand meines Bruders wischte mir übers Gesicht. Wir gehen. Du frierst.

Eine nächtliche Zugfahrt

Im voll besetzten Abteil des Dampflokzuges auf der Strecke Belgrad – Niš aufgeheizte, stickige Luft und mal leises, mal lautes Stimmengewirr. Ein schwerer Hustenanfall droht meine Brust zu sprengen, und Oma Daras große, raue Hand ruht auf meiner glühenden Stirn. Das elende Fieber will nicht vergehen, sagt sie leise, halb zu sich selbst, halb zu unseren Mitreisenden.

Ich will weder hören noch sehen, doch wenn ich die Augen schließe, sind die Bilder wieder da, breiten sich aus hinter meinen geschwollenen Lidern. Sie kreisen um das Haus, das einige Kilometer stadtauswärts in Richtung Avala steht, in Jajince, einem der Vorstadtviertel, die entlang der Ausfallstraßen wuchern. Dort ist es eingeschlossen und verriegelt, das qualvolle Jahr seit Mutters Abreise. Kein Lachen, keine Wärme gibt das Gebäude her. Nur die großen, dunkel umschatteten Augen meines elfjährigen Bruders, der riesige Blecheimer voll Kohle aus dem Keller schleppt und immer dünner und dünner wird, die harsche Stimme einer fremden Frau ohne Gesicht, die kargen, lieblosen Mahlzeiten und Nächte, die nicht heilen.

Die Bilder stellen mir nach, seit wir Belgrad verlassen haben und mir klar geworden ist, dass mein Bruder nicht mitkommen darf. Eine Art Familienrat, bestehend aus Mutters nächsten Verwandten, war zusammengekommen, und da war die Entscheidung gefallen, gegen Oma Daras Wunsch. Sie hätte auch ihn nach Krčmare mitgenommen, man kann die Kinder doch nicht voneinander trennen ... Der Familienrat sah das anders, das geht nicht, du kannst nicht für beide sorgen, mit der Kleinen ist das etwas anderes, aber der Junge kommt bald in die schwierigen Jahre.

Einer nach dem anderen waren die Meinen gegangen, ohne dass ich verstand, was mit uns, was mit ihnen geschah. Zuerst war unser Vater verschwunden, vor mehr als einem Jahr. Irgendwann war er einfach nicht mehr nach Hause gekommen, und weil Mutter und er zuvor heftig gestritten hatten, wagte ich es nicht, sie nach ihm zu fragen. Danach sprach Mutter wenig und weinte viel, und wenn ihre Freundin, Tante Bosa, zu Besuch kam, flüsterten die beiden, wenn von Vater die Rede war.

Wenige Monate später packte sie ihren Koffer, um nach Deutschland zu fahren. Ich hatte keine Vorstellung, wo dieses Land war und warum wir nicht mitkommen durften. Sie brachte uns in der Nachbarschaft bei einer Pflegefamilie unter. Unsere Hoffnung, dass Mutter und Vater uns eines Tages dort herausholen würden, verflüchtigte sich mit jedem neuen Tag. Schließlich, nach vielen Monaten, als wir beide so schwach geworden waren, dass Fieber und Husten nicht weichen wollten, kam Tante Rada, Mutters ältere Schwester, uns besuchen. Kurz danach tagte der besagte Familienrat.

Das regelmäßige, dumpfe *Klack-Klack der Zugräder* begleitet uns durch die Nacht und wirkt seltsam beruhigend, und irgendwann löst der Schlaf die Albträume ab.

In Niš angekommen weckt Oma Dara mich vorsichtig, steh auf, Jana, wir müssen jetzt umsteigen, komm her, wir packen dich warm ein. Ich schaue durch das Fenster des Zuges, auf dessen aufgeheizten Scheiben Tausende Schneeflocken zu kleinen Rinnsalen vergehen. Dann denke ich an meinen Bruder und spüre der einzigen Frage nach, die die Nacht überlebt hat, der Frage, was aus ihm werden wird, und ich gebe sie ab an den heller werdenden Winterhimmel, für den Fall, dass da oben jemand ist, der sie zu beantworten weiß.

Abenddämmerung

Sobald es zu dämmern begann, pflegte Oma Dara hinauszugehen, um ihren abendlichen Pflichten nachzukommen. Die selbst gestrickten Wollstrümpfe wurden dazu neu gebunden. Sie mochte keine Strumpfbänder, die schnitten unangenehm ins Fleisch, nein, sie stattete ihre Strümpfe mit geflochtenen Wollbändern aus, die man mehrmals ums Bein schlang – und das hielt. Das Kopftuch musste auch neu geknotet werden. Das schüttere, weiße Haar glitt zuweilen darunter hervor und war ihr lästig. Mit einer geübten Handbewegung strich Oma Dara ihr Haar zurück und band das Tuch unter dem Kinn fest, um es danach, nicht minder geschickt, ein wenig aus dem Gesicht zu ziehen.

So etwas wie einen Mantel besaß sie nicht, und wenn sie in die Kälte hinausmusste, band sie sich ein großes Dreieckstuch über Kopf und Schultern. Das war eine „Prekrstaljka", ein Überkreuztuch, das tatsächlich an den Enden vorn überkreuzt und am Rücken festgebunden wurde. Auch Handschuhe trug sie selten. Ihre knochigen, großen Hände hatten etwas Männliches und waren an Kälte und Wärme gewöhnt.

Ich komme, ihr Ungeduldigen, murmelte sie vor sich hin, während sie hinausging, und meinte unsere gackernden Hühner und quietschenden Schweine, die lautstark ihre Bedürfnisse äußerten, ich lasse euch doch nicht verhungern, wo denkt ihr hin?

Zuerst holte sie für die Nacht frisches Wasser aus dem Brunnen. Der Blecheimer, der an einer eisernen Kette hing, sauste in die Tiefe und prallte dabei unzählige Male an die Brunnenwände aus gemauertem Stein. Oma Dara war darin geübt, mit einer Hand die sich rasend schnell drehende Holzwinde abzubremsen und gleichzeitig der wild rotierenden Eisenkurbel auszuweichen, mit deren Hilfe man den vollen Eimer wieder herausholte.

Der einfache Mechanismus litt chronisch an Fettmangel und quietschte entsetzlich. Es war eben kein Mann im Haus, und Kurbellager zu fetten war Männersache. Die Geräusche gaben dem Kenner genaue Auskunft über den Stand der Aktion. Ein lautes, dröhnendes Donnern verriet die Abwärtsphase, ein quälendes Quietschen war ein Zeichen dafür, dass der Eimer dieses Mal voll war, was man nicht immer erreichte. Manchmal prallte er so auf der Wasseroberfläche auf, dass die Kette sich seitlich am Bügel verhakte und der Eimer sich nur zu einem Viertel füllte, sodass alles von vorn beginnen musste.

War die mühevolle Prozedur am Brunnen einmal beendet, kamen unsere Hühner, Schweine und Schafe zu ihrem Recht, und schließlich wurde Šara gemolken, die Kuh. Auch sie bekam Futter und ein wenig frisches Stroh für ihr Nachtlager.

Während Oma Dara draußen war, klebte ich am Fenster, die Nase fest an die Scheibe gepresst. Viel war es nicht, was mir hätte entgehen können, und doch: Die Welt war draußen. Sowohl die kleine, in der wir lebten, als auch die große, von der in Büchern zu lesen stand und die weit hinter den Bergen *Kopaoniks* beginnen musste. War es diese Sehnsucht, die solche Abende in der Dämmerung unvergesslich machte, oder die wärmende Geborgenheit, die aus dem Inneren des mich umgebenden Raumes herrührte? Im Ofen, der gleichzeitig unser Herd war, knisterte derweil fröhlich das Feuer, und ich konnte seine wohlige Wärme auf meinem Rücken spüren. Dabei summte ich leise vor mich hin und trommelte mit den Fingern auf dem Fensterbrett herum, versunken zwischen Traum und Wachsein.

Das Fenster überragte die hohe Mauer, die unser Haus umgab, und so konnte ich hinausschauen auf einen kleinen Dorfplatz und den Bach, der sich seinen Weg mitten durch den Ort gegraben hatte. Im Frühjahr, nach der Schneeschmelze, oder nach so manchem sintflutartigen Regenfall im Hochsommer, schwoll diese kleine Wasserader schnell an und verwandelte sich manchmal in ein reißendes, braunes Ungeheuer, das alles mitnahm, was sich ihm in den Weg stellte – ob Baum, Tier oder Mensch.

Meine Erinnerung haftet besonders an dem alten Holzsteg mit dem krummen Handlauf und den teilweise fehlenden Sprossen. Wer mit Hilfe dieser Brücke das andere Ufer erreichen wollte, musste schon einigen Mut und noch mehr Geschicklichkeit aufbringen. Wohl deshalb riskierten Betrunkene und Kinder lieber nasse Füße und nahmen den Weg mitten durch den Bach, den einen oder anderen aus dem Wasser ragenden Stein als willkommene Insel nutzend.

Um diese Tageszeit huschte nur da und dort eine in dunkle Kleider gehüllte Gestalt über den kleinen Platz, passierte vorsichtig tastend den schmalen Steg über dem Bach und verschwand wieder, ins warme Innere eines der Dorfhäuser strebend.

Hier und da erhellte das weiche Licht einer Petroleumlampe das Fenster eines Hauses. Mehr als ein Zimmer wurde weder geheizt noch beleuchtet. Die langen Winterabende verbrachte man immer gemeinsam in einem einzigen Raum, ganz gleich, wie groß die Familie war.

Auch Oma Dara und ich fühlten uns als eine Familie, wenn auch als eine kleine. Ins Haus zurückkommend brachte sie Wasser und Brennholz mit, und einen ordentlichen Schub abendlicher Kälte.

Mein Gott, Kind, du wirst dir noch die Augen verderben, wenn du immerzu ins Dunkle hinausstarrst! Zünde doch die Lampe an!

Ich gab selten Antwort, und meist vergaß Großmutter, was sie soeben gesagt hatte. Stattdessen setzte sie sich auf ihren dreibeinigen Schemel vor den Ofen, wärmte ihre kältestarren Finger über der heißen Platte und schob reichlich Brennholz nach.

Ehe sie sich versah, saß ich auf ihrem Schoß. Wir genossen dann gemeinsam die Wärme und schauten dem Spiel der flackernden Glut gespannt zu. Großmutter strich dabei zärtlich mit ihrer rauen Handfläche über mein kurzes Haar, während ich immer tiefer rutschte, bis ihr langer Wollrock mich knapp über dem Boden auffing, und so verweilte ich lange, mich an ihren Knien festhaltend, und wartete geduldig, bis sie zu erzählen begann.

Manchmal war ihr Erzählen ein Gesang, der sich reimte. Oma Dara war zu Beginn des zwanzigsten Jahrhunderts geboren – sie wusste nicht genau, ob 1903 oder 1905 – und wuchs auf, ohne je lesen und schreiben zu lernen. Kaum ein Mädchen ging damals zur Schule, aber sie hatte Brüder, die Gymnasiasten waren, und während die Jungen laut lesend versuchten, die langen Verse serbischer Volksdichtung auswendig zu lernen, blieben sie mühelos in Großmutters Gedächtnis haften, so gut und so lange, dass sie unsere Abende füllen konnten, über ein halbes Jahrhundert später. Von großen, unvergessenen Helden war darin die Rede, tapferen, edlen Rittern im Kampf gegen die türkische Unterjochung, vierhundert Jahre lang.

Džoda

Džoda war ein einfacher Mann aus einem unserer Nachbardörfer. Er trug Hosen aus Flachs und schwere Militärstiefel, und manchmal bedeckte er das schüttere Haar mit einer Schiffchenmütze. Sein Alter war schwer zu schätzen, er konnte ebenso vierzig wie fünfzig Jahre alt gewesen sein, während der schwere Gang und die leicht gebeugte Haltung verrieten, dass sein Leben aus harter Arbeit bestand.

Oma Dara hatte mit ihm eine Art stillschweigenden Vertrag geschlossen, den Džoda erfüllte, indem er in mehr oder weniger regelmäßigen Abständen bei uns vorbeischaute und Arbeiten erledigte, für die weder sie noch ich geeignet waren. Er flickte Zäune, fällte Bäume fürs Brennholz, pflügte den Acker oder stieg in den Brunnen, wenn dieser verstopft war.

Gewöhnlich war Džoda mit seinem Esel unterwegs, den er ausschließlich auf Deutsch ansprach. Im Zweiten Weltkrieg war er als junger Bursche nach Deutschland verschleppt worden und hatte dort einige Jahre in Gefangenschaft verbracht. Als er erfuhr, dass meine Mutter nun in diesem Land lebte, begann er, auch mit mir nur noch deutsch zu sprechen, obwohl er wusste, dass ich kaum ein Wort davon verstand. Auch Oma Dara begrüßte er stets mit einem „Guten Morgen", ganz gleich, zu welcher Tageszeit er bei uns eintraf.

Ich hörte ihm gerne zu und war fasziniert, wie sehr er sich veränderte, wenn er deutsch zu sprechen begann. Vor meinen Augen verwandelte sich dann ein einfacher serbischer Bauer in einen Mann von Welt, der weit gereist war, fremde Sprachen sprach und fremde Länder kennengelernt hatte. Die unverständlichen Worte kamen ihm fließend über die Lippen, und wenn er redete, hatte man den Eindruck, er habe merkwürdigerweise während seiner Gefangenschaft Deutschland lieben gelernt, denn er lachte dabei viel und seine Augen glänzten.

Wie habe ich damals Džoda um seine Fähigkeit, deutsch zu sprechen, und um sein Wissen über dieses Land beneidet.

Nach getaner Arbeit saß der müde Tagelöhner mit Oma Dara an unserem Ofen, und sie tranken zusammen Mokka oder einen selbst gebrannten *Sliwowitz*. Dabei handelten sie den Arbeitslohn aus, der meist aus einem geräucherten Schinken, einem Sack Mehl oder einer Fuhre Brennholz bestand, und nie vergaß Oma Dara, ein paar Nüsse oder Äpfel für Džodas zahlreiche Kinder einzupacken.

Sie mochte diesen gütigen Mann, der ihr seine Sorgen anvertraute, doch manchmal ging sie mit ihm um wie ein Offizier mit einem ungehorsamen Soldaten, vor allem, wenn Džoda den stillschweigenden Vertrag brach, indem er einen vereinbarten Termin nicht einhielt. Dann war die Rede von der überfälligen Saat, vom leeren Schuppen oder dem ungesicherten Hof, und Džoda hörte mit gesenktem Kopf zu und nickte schuldbewusst. Aber hin und wieder schaute er verstohlen zu mir herüber und zwinkerte verschmitzt, denn im Grunde wusste er, dass Oma Dara nicht nachtragend war.

Und am Ende solch arbeitsreicher Tage sattelte Džoda wieder seinen Esel, der Deutsch verstand, und ritt zufrieden davon, leise vor sich hin singend.

Oma Daras Enkelin

Es gelang uns in aller Regel gut, für die Sicherung unseres bescheidenen Lebens selbst zu sorgen. Wir hatten einen Garten, bauten auf ein paar Ar Weizen und Mais an, und außerdem gab es noch die Hühner und das Vieh, zwei, drei Schweine, ein Dutzend Schafe und Šara, die Kuh.

Wäre da nur nicht die unselige Steuer gewesen!

Ich verstand damals nicht viel von Steuern und noch weniger von der Logik solcher Gesetze. Beunruhigt hörte ich zu, wenn Oma Dara sich mit unseren Nachbarn über die kommende Zahlungsfrist unterhielt.

Der Staat nahm keine Rücksicht darauf, dass das beträchtliche Anwesen, das seinerzeit eine Großfamilie ernährt hatte, nun von nicht mehr als zwei Menschen beackert wurde – von einer alten Frau und einem Kind. Der Staat zählte lediglich die Hektar unserer tiefen Wälder und fruchtbaren Täler, und er bat regelmäßig zur Kasse, viermal im Jahr.

Kein Teil des brachliegenden Landes gehörte Oma Dara und mir. Das Erbe meines Großvaters mütterlicherseits war den Männern in der Familie vorbehalten, und die hatten schon vor langer Zeit das Dorf verlassen, um in Belgrad, Split und Ljubljana zu studieren und ihre Familien zu gründen. Weder hätte Oma Dara es verkaufen dürfen, noch wäre ihr das je in den Sinn gekommen. Wer hier lebte, hatte den Familienbesitz zu hüten und zu erhalten, auch wenn das nirgendwo geschrieben stand, und so mühten wir uns nach Kräften, diesen Auftrag zu erfüllen. Gemeinsam machten wir uns Gedanken darüber, wie wir es denn dieses Mal bewerkstelligen würden, die hohen Abgaben zu bezahlen, denn Geld war etwas, wovon wir immer zu wenig hatten. Nicht etwa, weil wir nicht wirtschaften konnten, vielmehr brauchten wir so gut wie kein Geld, denn alles, was zum täglichen Auskommen nötig war, stellten wir selbst her. Allein die Steuern waren uns ein Gräuel. Nächtelang wälzte Oma Dara sich hin und her, grübelte darüber nach, wer diesmal dem Staat zum Opfer fallen würde, unser Mastschwein oder eines der Schafe oder gar Šara, die Kuh?

Oft war es gar nicht Oma Dara, die diese schwere Entscheidung traf, sondern die Nachfrage der Käufer auf dem Wochenmarkt in Kuršumlija, dem nahe gelegenen Städtchen.

Jeden Donnerstag sah sich die Kleinstadt an der *Toplica* von einem lauten, bunten Menschenmeer überflutet, gleich einem emsig wuselnden Ameisenhaufen. Bauern schnalzten mit der Zunge und trieben ihre Viehgespanne an, Marktfrauen boten ihre Ware feil, Kosovaren mit weißen Turbanen rissen Kälbern die Mäuler auf, um ihre Zähne zu begutachten, Melonen schleppende Kinder liefen hinter ihren Müttern her, Händler feilschten theatralisch um jedes Stück Vieh.

Es herrschten raue Gesetze an diesem schicksalhaften Ort. Die Käufer kannten die Not der Verkäufer, und nicht selten musste Oma Dara ihr Angebot überprüfen und dem Bedarf anpassen, ganz zu schweigen von der Rhetorik, die ihr abverlangt wurde, wollte sie nicht vollends übervorteilt werden angesichts der Dreistigkeit launischer Interessenten. Du willst dieses Prachtstück wohl geschenkt haben, nicht wahr? Sie gibt mehr Milch, als deine sechs Kinder am Tag trinken können, und sie ist nicht irgendeine Kuh, sondern mit einem Verstand ausgestattet, beinahe wie ein Mensch. Für kein Geld der Welt gäbe ich sie her, wenn die verdammte Steuer nicht wäre!

Großmutter erboste sich regelmäßig an diesen unheilvollen Tagen, an denen sie nie wusste, was schlimmer war: Wenn sie es nicht schaffte, das jeweilige Tier zu verkaufen, und damit unsere Geldsorgen ungelöst blieben, oder wenn ihr zwar das erhoffte Geschäft gelang, sie aber kummervoll und bedrückt nach Hause zurückkehrte, denn wir waren dann sowohl ärmer geworden als auch ein wenig einsamer.

Nach einer gelungenen Transaktion jedoch bekam ich meinen gewohnten Auftrag, an einem der nächsten Tage in die Stadt zu gehen, um bei der einzigen Bank am Ort die vierteljährliche Steuerrate zu bezahlen. Hierzu musste man schreiben können, und bei unserer Arbeitsteilung war dies etwas, das in mein Ressort fiel.

Ganz ohne Belohnung war dieser beschwerliche Weg zu Fuß niemals. So sehr ich mich auch dagegen wehrte, Oma Dara bestand darauf, dass ich mir nach getaner Arbeit etwas kaufte.

Unterwegs begegnete ich häufig Menschen, die mich kannten. In dieser Gegend kannte beinahe jeder jeden, denn es wurde nicht weit weg geheiratet, und es gab kaum einen Bauern, der seinesgleichen in den Nachbardörfern nicht dem Namen nach gekannt hätte. Gelegentlich holte ein Bekannter mich mit einem Fahrrad ein, dann durfte ich vorne auf der Fahrradstange sitzen, komm, steig auf, Jana, hab dich schon lange nicht mehr in die Stadt laufen sehen, sind die Steuern wieder fällig? Was hat Oma Dara doch für ein Glück, dass sie dich hat.

Allein der Gang zum Schalter war so etwas wie ein Spießrutenlaufen. Misstrauische Gesichter der Bankbeamten, man musterte mich streng, was macht so ein Kind von acht, neun Jahren in einer Bank, und dann das viele Geld. Aber die Erklärung, Oma Dara sei Analphabetin, ließ man gelten, das war keine Seltenheit und durchaus glaubwürdig.

Eine weitere Unsicherheit kam in dem Moment auf, als man meine Unterschrift verlangte. Eigentlich war es Unsinn, eine Unterschrift von einem minderjährigen Kind zu verlangen, aber ganz ohne diese ging es nun mal nicht. Solche Grenzfälle gab es, und was wussten schon die feinen Genossen in Belgrad, die die Gesetze schufen, darüber, wie es hier in der Provinz zuging?

War die ernste Prozedur mit den Steuern erst einmal erledigt und die Einzahlungsquittung sicher in meiner Brusttasche verstaut, folgte etwas, was bereits zum Ritual geworden war: Ich lief hinüber zur anderen Straßenseite, zu einem der drei Kioske in der Stadt. Dort hingen sie zu Dutzenden, prächtige, bunte Hefte, und es roch nach bedrucktem Papier. Es gab Comic-Hefte und Liebesromane, doch die wollte ich nicht, nein, Wildwestromane waren es, die es mir angetan

24

hatten. Darin war die Rede von Amerika, einem fremden, weiten Land, und die Helden, Wyatt Earp und Doc Holliday etwa, hatten auf seltsame Weise Ähnlichkeit mit den Figuren aus Oma Daras epischen Versen, tapfere, edle Männer im Kampf um Wahrheit und Gerechtigkeit.

Wieder zu Hause angekommen, versank die Welt um mich herum, ich nahm sie nicht mehr wahr und saß stundenlang lesend an unserem großen Tisch, die Ellenbogen auf dem Wachstuch, das Kinn in beide Hände gestützt.

Oma Dara protestierte vergeblich, stellte mir irgendwann die Petroleumlampe auf den Tisch und ging murmelnd schlafen. Von schlechten Augen war dann die Rede und davon, dass sie mich am nächsten Morgen wieder nicht aus dem Bett bekäme.

Lena

Sie war anders als alle anderen. Ihre Augen von einem leuchtenden Smaragdgrün, ihre bis zur Taille reichenden Haare goldblond und samtig schimmernd wie ein reifes Weizenfeld, ihre Haut von einer hellen, zarten Farbe. Das feenhafte Wesen hieß Lena und war für mich das, was man eine beste Freundin nennt. Wir teilten so gut wie alles, was wir hatten: unsere Schulbrote, unsere Spielsachen, unseren Kummer und unsere tiefsten Geheimnisse. Und doch gab es stets etwas, das zwischen uns stand, ohne dass ich mir erklären konnte, was es war, eine namenlose Ahnung, eine stumme, bange Frage, die mich nachts schweißgebadet aus diffusen Träumen aufwachen ließ. Die Unruhe, die daraus erwuchs, begleitete mich oft bis in den nächsten Tag hinein.

Zwischen dem lang gestreckten, flachen Gebäude und der hohen Hofmauer dahinter verlief eine Art Korridor, kaum einen Meter breit und, der aus dem Nachbarhof herüberhängenden Äste wegen, immer dunkel und beängstigend. Das tunnelartige Gebilde war nur von einer Seite zugänglich. Am anderen Ende machte die Hofmauer einen Bogen und berührte dabei jene des Wohnhauses, sodass dort weder Ein- noch Ausgang möglich war.

Am einzig offenen Zugang steht Lena und hält die Arme weit ausgebreitet, versperrt mir damit den Weg nach draußen, während ihre hellgrünen Augen seltsam fremd und feindlich aufblitzen.

Das hier ist mein Land, sagt sie, du darfst darauf weder gehen noch stehen, und weglaufen darfst du auch nicht!

Ich atme schnell und flach und höre meinen Herzschlag pochen.

Lena, sage ich, was ist auf einmal in dich gefahren ... Geh zur Seite, ich will hier raus ...

Aber Lena denkt gar nicht daran, zur Seite zu gehen und mich aus unserem gemeinsamen Versteck hinter ihrem Elternhaus herauszulassen, in dem wir bis eben zusammen gespielt haben. Ihre langen, strohblonden Zöpfe fliegen wild hin und her, während sie heftig den Kopf schüttelt und schweigt.

Ich möchte losrennen und sie mit aller Wucht aus dem Weg stoßen, aber ich spüre meine Beine kaum, sie sind taub und matt und gehorchen mir nicht mehr. Während ich zu begreifen versuche, was in dem Mädchen vorgeht, das mir bis eben noch nah und zugetan zu sein schien, suche ich Lenas Gesicht nach Zeichen der Entspannung und Reue ab, finde aber nichts dergleichen. Ihr Mund ist zu einem schmalen Strich geworden, ihre Augen starren mich eisig an, ihr Körper bleibt drohend vor mir aufgebaut, und ich beginne zu frieren.

Plötzlich, aus einem tiefen, nie erlebten Impuls heraus, schreie ich, so laut ich kann, und mein erstarrter Körper bewegt sich wieder. Ich mache einen Schritt auf sie zu und ergreife ihre beiden im Halbdunkel baumelnden Zöpfe und ziehe daran, bis sie vor Schmerz aufschreit und zu Boden geht. Dann ist der Weg frei und ich renne los, ohne mich noch einmal umzudrehen, und mit jedem Schritt, den ich gewinne, bricht ein weiteres Stück der zauberhaften Welt zusammen, die ich für die unsere gehalten habe, Lenas und meine, ein in Watte gepacktes Terrain des Glücks, das uns beiden allein gehörte, und dem wir stolz den Namen Freundschaft gegeben hatten.

Titos Bühnen

Mit sieben Jahren reichte ich den meisten meiner Altersgenossen höchstens bis zur Schulter. Täglich hatte ich Mühe, die prallgefüllte, schwere Erstklässlerschultasche aus dem Staub des Dorfweges herauszuhalten, und die Turnstunde war mir jedes Mal ein Albtraum. Wir mussten uns zu deren Beginn der Größe nach hintereinander aufstellen, und ich bildete dabei ausnahmslos das Ende der Schlange.

Eines Tages jedoch – etwa zwei Monate nach unserer Einschulung – passierte das Unglaubliche: Auf einmal stand ich oben, auf unserer großen Schulbühne, und die meisten anderen waren unten. Eltern und Mitschüler saßen erwartungsvoll auf ihren Stühlen im überfüllten Saal, und die, die keinen Sitzplatz gefunden hatten, standen in den Gängen oder lehnten an Fenster- und Türrahmen.

Ich holte tief Luft und rezitierte fehlerlos die auswendig gelernten Reime, von Tito war die Rede, dem Großen, den alle liebten. Mühelos bediente ich mich aus der Quelle meines Gedächtnisses, obwohl mein Herz so verrückt spielte, dass ich fürchtete, das Beben in meiner Brust könnte mich umwerfen. Wohl aus diesem Grund hielt ich mich krampfhaft am Bühnenvorhang fest, den man hinter meinem Rücken geschlossen hatte.

Und als ich mich den letzten Reim sagen hörte, besann ich mich darauf, dass nun eine tiefe Verbeugung vor dem Publikum folgen musste. Also tat ich es, und meine Wangen brannten, während der Saal pfiff und tobte, jubelnde, lachende Gesichter, vertraute und fremde, und ich dachte, das ist es wohl, was die Lehrerin bei den Proben erwähnt hatte, und ich war trunken vor Freude über das, was man Applaus nannte.

Nicht minder aufregend war die Welt hinter dem Vorhang. Bravo, Jana, du warst großartig, komm her, hinter die Kulissen, ein anderer war nun dran, und wir mussten uns still verhalten.

Am Ende durften wir wieder auf die Bühne, diesmal alle zusammen, meine ganze Schulklasse, die Kleinen vorne, die Großen hinten. Die Lehrerin ermahnte uns noch einmal zur Disziplin, seid still und konzentriert euch, das ist euer großer Tag.

Der Vorhang ging auf, während wir sangen, und wieder war Tito unser Held, und wir liebten ihn und unser Vaterland in diesem bewegenden Augenblick so sehr, dass der Blick von Tränen getrübt war. Und als unser Lied zu Ende war, wurden wir hochgeehrt, herrliche, rote Dreieckstücher wurden uns umgebunden, komm her, auch du bist jetzt Titos Pionier.

In den Jahren, die folgten, waren mir Bühnen ziemlich vertraut geworden. Kaum ein Schulfest oder ein Staatsfeiertag verging, ohne dass ich ein Gedicht vortrug, einen Tanz mit aufführte oder in einem Theaterstück mitspielte. Bald liebte ich das verheißungsvolle Warten im Halbdunkel hinter den Kulissen, den eigentümlichen Geruch von Holz, Staub und Angstschweiß, den Augenblick, in dem der Vorhang sich öffnet und das Gefühl aufsteigt, jetzt kommt es nur auf dich an, jetzt musst du zeigen, was du kannst.

Was ich vortrug, schien zu gefallen, das las ich in den Gesichtern der Menschen, die im Publikum saßen, das entnahm ich ihrem jeweils heftigen Beifall, und auch unsere Lehrer gaben sich ziemlich zufrieden. So kam es, dass ich mit etwa zehn Jahren eine Bühne betrat, die bedeutender zu sein schien als alle vorherigen. Sie stand in Kuršumlija und war im Freien aufgebaut. Hunderte Menschen säumten die Hauptstraße, die zu jenem denkwürdigen Podest führte. Nur die Besten von uns waren ausgewählt worden, „Titos Stafette" zu bilden und ihm anlässlich seines nahenden Geburtstages per Staffellauf Glückwünsche aus der Region zu überbringen. In jenem Jahr war ich es, die den kollektiven Gruß von dieser Bühne aus öffentlich vortragen durfte. Das war eine Auszeichnung und eine große Ehre.

Schon eine Stunde zuvor hatte ich hier, auf den letzten Metern vor dem Ziel, meine Stellung bezogen. Gleich würde ich den Staffelstab übernehmen, die Stufen hinaufsteigen, auf Hunderte von Köpfen blicken und das Wort an ihn persönlich richten, ich, die kleine Schülerin aus Krčmare, die in Grabovnica zur Schule ging. Alle wussten, dass das etwas Besonderes war. Alle, außer einer: Oma Dara war es auch heute Morgen nicht gelungen, die Wichtigkeit und Bedeutung dieses Umstands zu erkennen. Zwar hatte sie mir geholfen, das Bügeleisen mit Glut zu füllen, das rote Dreieckstuch zu bügeln und es ordentlich um Hals und Schultern zu binden. Angesichts des rätsel-

haften, halb gutmütigen, halb spöttischen Lächelns jedoch, das währenddessen nicht von ihren Lippen weichen wollte, schien sie mir der einzige Mensch zu sein,
der sich der allgemeinen Vorfreude entzog und so gar
nicht mitmachen wollte. Das war kaum zu verstehen
und ärgerte mich gehörig.

Was ist mit dir, Oma Dara? Freust du dich denn
nicht für mich?

Doch, mein Mädchen. Ich weiß wohl, dass sie nicht
jedes Kind auf diese große Bühne stellen würden. Auf
dich bin ich stolz, so viel steht fest. Ganz Kuršumlija
wird heute sehen, was meine Enkelin kann. Allein des
lächerlichen Heldentheaters bin ich überdrüssig. Aber
das, Jana, das verstehst du jetzt noch nicht.

Nada Ivkova

Krčmare hieß unser Dorf, und weil „Krčma" Wirtshaus heißt, muss wohl vor langer Zeit ein solches dort gestanden haben, mit einer betörend schönen Wirtin namens Mara. Als später weitere Häuser dazugebaut wurden, habe man die kleine Gemeinde der Legende nach Krčmare genannt. Dies musste schon sehr lange her gewesen sein, denn in jenem Krčmare, wie ich es kannte, gab es weder Wirtshäuser noch schöne Wirtinnen, und so waren die Geselligen unter den Dorfbewohnern auf private Zusammenkünfte angewiesen, wenn ihnen die Decke auf den Kopf fiel.

Auch einen Bürgermeister gab es nicht, obwohl er manchmal durchaus nötig gewesen wäre, in Schlichtungsfragen zum Beispiel, denn ganz ohne Zwistigkeiten und Malheur kam auch Krčmare nicht aus. Es gab diverse Familienklans, die sich nicht grün waren, „Marići" hießen die einen und „Radići" die anderen, um nur die bekanntesten zu nennen. Grund zum Streiten gab es etwa, wenn die Kühe eines Bauern in den Kleefeldern des anderen grasten oder der eine dem anderen buchstäblich „das Wasser abgrub", um den spärlich fließenden Bach in den eigenen Garten zu leiten.

In solchen Fällen ging es zuweilen hart zur Sache, und die Gerüchteküche hatte Hochkonjunktur. Dafür sorgten einige begabte Nachrichtenträgerinnen.

Eine tat sich ganz besonders hervor. Wir nannten sie Nada Ivkova. Nada war auch sonst ein ziemlich auffälliges Mitglied unserer Dorfgemeinde. Obwohl in ihren besten Jahren verfügte sie nur noch über drei oder vier Zähne, die groß und ungleichmäßig verteilt waren. Sie ragten hässlich heraus, wenn sie sprach, und verliehen ihrem Gesicht etwas Hexenhaftes. Diesen Mangel schien Nada Ivkova durch eine umso lautere Stimme ausgleichen zu wollen, die sie pflegte und bildete, während sie oft stundenlang immer wieder „Brankooooo!" von der Terrasse brüllte.

Der Ruf galt ihrem einzigen Sohn Branko, einem frechen, jederzeit zu allerlei Unfug aufgelegten Rotzbengel. Seine Mutter wusste meist nicht, wo er sich aufhielt, was angesichts der Ungemütlichkeit, die in ihrem Haus herrschte, kein Wunder war.

Wenn Nada auf ihrer Terrasse stand, konnte ich sie manchmal von der unsrigen aus beobachten, und ich erinnere mich lebhaft an ihren dicken Bauch, der dadurch auffiel, dass ihre Schürze merkwürdig abstand und ihr Rock vorne viel kürzer als hinten schien.

Nada Ivkova war also gewissermaßen zum Dorfmedium gekürt und mangels Radio und Fernsehen einfach nicht wegzudenken. Doch wer Nachrichten verbreiten will, muss erst einmal welche haben, und so war diese Frau unerträglich neugierig, ja geradezu dreist und aufdringlich, und was sie aus ihren Opfern nicht herausquetschen konnte, dichtete sie einfach hinzu.

Oma Dara mochte „das dreiste Weibsbild" nicht besonders, und sie hatte ihre eigene Art, mit Leuten wie ihr umzugehen: Die unverschämten Fragen überhörte sie geflissentlich. Für den Fall jedoch, dass ihr für das Getratsche taubes Ohr nicht half, drehte sie sich um und haute sich mit der flachen Hand auf den eigenen Hintern, was so viel hieß wie „Du kannst mich gernhaben!".

Nada Ivkova freilich gereichte dies weder zur Besserung noch zur Reue, sie frönte weiter ihrer Leidenschaft, dem Dorfklatsch, bis an ihr Lebensende.

Und wenn ihr Mann Ivko in dieser Geschichte kaum vorkommt, dann deshalb, weil er nicht die geringste Chance hatte, sich gegen Nada durchzusetzen. Der Unglückliche versank bald in völliger Farb- und Lautlosigkeit und wurde selten von einem der Nachbarn auch nur wahr-, geschweige denn ernstgenommen. Lediglich in Verbindung mit Nada lebt sein Name weiter, unter den Kennern unseres Dorfes und dieser Geschichte.

Missglückte Verbannung

Seit ich denken kann, hatten wir eine Katze. In Wirklichkeit waren es freilich mehrere Katzen, die einander ablösten in jenen Jahren, die ich bei Oma Dara verbracht habe. Kaum dass die Vorgängerin tot war oder einfach spurlos verschwunden, erschien meist von irgendwoher ein neues, halb verhungertes und dürres Kätzchen, das wir zu uns nahmen, manchmal in stummer Übereinstimmung, manchmal erst nach ein wenig Streit und Diskussion.

Wo kommst du jetzt plötzlich her, du Teufelsbrut, protestierte Oma Dara angesichts eines jeden neuen Kandidaten, kaum dass ich ein Elend losgeworden bin, sucht das nächste mich heim. Hier, nimm das und verschwinde! Sagt es, wirft ein dünnes Stückchen Speck auf den lehmigen Boden und jagt das Kätzchen durch die offenen Türen von Küche und Veranda. Dann fährt sie fort zu nörgeln, beklagt angenagte *Pihtije*, verdorbene Milch und aufgeleckten *Kajmak*, über Jahre hinweg angesammelte Untaten all jener Katzen, die wir, ohne selbst genau zu wissen nach welchen Kriterien, jeweils als drittes Mitglied unseres Haushaltes anerkannten.

Lass doch, Oma Dara, legte ich meinerseits Berufung ein gegen ihre – dieses Mal angeblich besonders strenge – Entscheidung. Du siehst doch selbst, dass wir der Mäuse kaum Herr werden, seit wir unser Grünauge verloren haben.

Oma Dara lachte irgendwann kopfschüttelnd und akzeptierte schließlich derlei unschlagbare Argumente, während ich bei nächster Gelegenheit heimlich die Tür öffnete und – Miiiez, miez, miiiez – das verängstigte Tier wieder herbeirief.

Eines Sommers kam mein Bruder aus seinem Belgrader Internat nach Krčmare, um die Ferien bei uns zu verbringen, damals schon ein hoch aufgeschossenes, aber blasses und hageres Bürschlein von etwa vierzehn Jahren. Ungefähr zur gleichen Zeit besuchte uns Onkel Toma mit Frau und Kindern.

Oma Dara zog sich in Gegenwart eines jeden erwachsenen Mannes in unserer Familie – offensichtlich nach vor langer Zeit aufgestellten Regeln – in die zweite Reihe zurück und änderte ihr Verhalten auf eine Art, die mir gar nicht gefiel. So war es auch in jenem Jahr.

Bereits am ersten Morgen nach Ankunft der jungen Familie aus Dalmatien herrschten neue Regeln in Haus und *Avlija*. Den Platz hinter dem Herd nahm wie selbstverständlich Tante Inka ein. Onkel Toma lief in Gedanken versunken, mit vor der Brust verschränkten Armen und einer merkwürdigen Unruhe in den Gesichtszügen im Hof spazieren, und die beiden lauten, verwöhnten Kinder jagten einander durchs Haus und über den Hof.

Von Oma Dara keine Spur. Sie war – ihrer ungeschriebenen Rolle folgend – schon im Morgengrauen in den Garten gegangen, um Kartoffeln zu hacken und auf diese Weise der jüngeren Hausfrau nicht im Wege zu stehen.

Mein Bruder und ich schauten uns von Zeit zu Zeit an und gaben uns Mühe, nicht aufzufallen, gefasst auf unerwartete Aufgaben und Tante Inkas strenge Maßregelungen, im Magen ein bitteres Gefühl, für das wir keine Erklärung hatten. War es die Unsicherheit wegen der Abwesenheit unserer Eltern oder der Neid auf die frechen und sorglosen Gören, die uns mit ihrem natürlichen Selbstverständnis unbewusst zu verstehen gaben, was wir seit Jahren entbehrten?

Dieser Sohn Oma Daras, unser Onkel Toma, ein Lehrer, der vor Jahren nach Dalmatien gezogen war und dort geheiratet hatte, war jene Art von Mann, die ohne ein einziges strenges Wort in Kindern wie uns eine Habachtstellung auslösten. Wortkarg, in sich gekehrt, dauernd irgendwie abwesend und, man könnte meinen, sich selbst fremd, war er uns stets ein Rätsel und ein wenig verdächtig, ohne dass wir selbst hätten sagen können, was wir ihm eigentlich übel nahmen.

Eine seiner befremdlichen Eigenschaften war der ausgeprägte Ekel, etwa vor verdorbenen Lebensmitteln. Er roch an jedem Stück Fleisch oder Käse und untersuchte es auf mögliche Spuren von Fäulnis und Moder, was unseren Sommer im Dorf ohne Strom und Kühlschrank in seiner Gegenwart zu einer besonderen Herausforderung machte.

Eines Tages im besagten Sommer rief unser Kater des Onkels großen Zorn hervor, als er das Tier in flagranti erwischte, während es genüsslich aus dem Milchkübel trank, der auf der Anrichte in der Vorratskammer abgestellt war.

Es fällt mir schwer, all die Schimpfworte zu wiederholen, die in diesem Augenblick unseren Kater ereilten, aber ich erinnere mich ziemlich genau an jede Einzelheit des Dramas, das danach folgte.

Außer sich vor Zorn ergreift Onkel Toma das ertappte Tier an den Ohren und rennt, es so mit sich schleppend, zuerst hinaus in den Hof und dann hinunter in den Keller, um nur Augenblicke später wieder zu erscheinen, mit einem Sack in der Hand und dem fauchenden Kater darin, der seine Krallen in rasender Verzweiflung in das grobe Hanfgewebe gräbt.

Atemlos und mit einer unguten Ahnung beobachten mein Bruder und ich all das, bis wir beim Namen gerufen und zum Näherkommen aufgefordert werden.

Um Himmels Willen, Tomislav, komm doch zur Vernunft!, ruft Oma Dara und schlägt entsetzt die Hände über dem Kopf zusammen.

Aber nichts hilft. Onkel Toma tobt und befiehlt uns, den gefangenen Kater in den Wald zu bringen, je weiter desto besser, und ja nicht wieder zurückzukehren, solange das Biest noch lebt und die Gefahr besteht, dass es morgen wieder nach Hause kommt.

Toma, komm zu dir, um Gottes Willen, was können die Kinder denn dafür?, versucht Oma Dara es erneut.

Stattdessen kommt Onkel Toma näher und droht uns mit dem Zeigefinger, während sein furchtbares Geschrei und Gezeter nicht enden will. Es gibt keinen Zweifel, dass er uns längst mit unserem Kater, dem Übeltäter, gleichstellt, sodass wir – verängstigt und von Panik erfasst – jetzt auch selbst zu glauben beginnen, dass wir es sind, die Schuld an allem haben.

Mein Bruder ergreift den Sack, in dem der Kater miaut, sich hin- und herwirft und kratzt, schaut mich zuerst noch zögerlich und verstört an, doch dann auf einmal gefasst und entschlossen.

Komm, sagt er und nimmt mich an die Hand, beißt sich auf die Unterlippe und rennt los in Richtung Wald, immer den Bach hinauf, mit einer Hand den Sack mit dem Kater darin festhaltend, mit der anderen mich hinter sich her zerrend.

Eine Zeit lang laufen wir schweigend, ich mit Tränen in den Augen. Erst unterhalb unseres Unteren Waldes, auf dem Weg nach Marina Kula, verlangsamt mein Bruder seinen Schritt und schaut mich an, verschwörerisch.

Sei still, Schwesterchen, hör auf zu heulen. Du denkst doch nicht wirklich, dass ich den Kater töten werde?

Ich schaue ihn an und verstehe gar nichts, aber ich spüre, wie meine Verzweiflung weicht und an deren Stelle etwas wächst, was sich wie Hoffnung anfühlt. Dann folge ich meinem Bruder auf dem steinigen Weg entlang des Baches und bin stolz auf ihn.

Wir passieren Oma Milevas Haus und gehen weiter bis zum Oberen Wald, verlassen den Weg, laufen in den Wald hinein und bleiben stehen, noch unentschlossen. Mein Bruder nimmt schließlich den Sack von der Schulter und öffnet ihn, und heraus schießt der entgeisterte Kater und jagt davon. Als er jedoch bemerkt, dass wir es sind, die hinter ihm stehen, kommt er zurück und miaut laut, während er um unsere Beine herumschleicht.

Hau ab, du Unglücksrabe, siehst du nicht, dass es hier um Kopf und Kragen geht? sagt mein Bruder, während ich schon wieder zu weinen beginne.

Hör mal, Jana, Katzen finden immer nach Hause. Sie haben in sich eine Art Kompass, verstehst du? Ich jage den Kater jetzt in den Wald, damit er uns nicht gleich folgt, bis der Verrückte sich wieder beruhigt hat. Und morgen, morgen findet dein Kater wieder zurück, glaub mir.

Ich höre, was mein Bruder sagt, aber es fällt mir schwer, es zu glauben, und ich weiß nicht, was mir mehr Sorgen macht, Onkel Tomas schwere Drohungen oder die Gefahr, die unseren Kater im Wald erwartet.

Indes tut mein Bruder so, als jage er das arme Tier von uns, mit lauten Schreien und einigen Steinwürfen, bis der Kater hinter den Bäumen verschwindet. Dann nimmt er mich an die Hand und kehrt mit mir ins Dorf zurück.

Ich weiß nicht mehr, wie wir jene Nacht überstanden haben, aber ich erinnere mich daran, dass eine Art Schüttelfrost und immer wiederkehrende Albträume mir den Schlaf raubten, während Oma Dara mich zu beruhigen versuchte, indem sie mich so eng an sich drückte, dass ich jeden ihrer leisen Seufzer genau vernahm.

Der nächste Tag brach an. Tante Inka machte sich bereits wieder um den Herd herum zu schaffen, die Kinder schrien und rannten wie gewohnt umher, und

Onkel Toma lief mit vor der Brust verschränkten Armen im Hof auf und ab. Ich war nicht sicher, ob ich das richtig sah oder ob ich es mir nur einbildete, aber es kam mir vor, als sei an jenem Morgen neben der üblichen Unruhe eine Spur von schlechtem Gewissen in seinem Gesicht zu sehen gewesen.

Oma Dara fütterte die Hühner und seufzte. Mein Bruder und ich saßen auf der Terrasse und streiften in Gedanken durch den Wald, in dem wir gestern unseren Kater zurückgelassen hatten.

Auf einmal – es muss gegen Mittag gewesen sein – quietschte leise das Tor, und dahinter schaute vorsichtig tastend zuerst nur eine rötliche Pfote, dann das gescheckte Köpfchen und schließlich der ganze Kater hervor, aufgeplustert und verstrubbelt, aber leibhaftig und fidel.

Mein Bruder und ich hielten den Atem an und hefteten die Augen auf unseren Onkel, der wie angewurzelt stehen blieb, beide Hände in den Hüften.

Da bist du also doch schon wieder, du Übeltäter!, fauchte er. Wenn ich dich noch einmal in der Vorratskammer erwische, drehe ich dir den Hals um, dieses Mal eigenhändig! Sprach es und verschwand im Haus, ohne uns zu beachten.

Mein Bruder lächelte verstohlen, aber siegesbewusst. Oma Dara lachte laut und erleichtert. Miiiiez, miiez, miez ... Komm her, du Strolch, wir holen dir ein Stück Speck, du wirst Hunger haben. Hab ich es euch nicht gesagt, Kinder, Unkraut vergeht nicht!

Darinka Vidojeva

Darinka kam uns manchmal früh morgens besuchen, kaum dass Oma Dara aufgestanden war und das Feuer im Herd zu knistern begonnen hatte. Sie klopfte nicht an, sondern öffnete die Tür stets mit einer nur ihr eigenen, zaghaften Bewegung, die ein gedehntes, nicht enden wollendes Quietschen und Knarren verursachte, von Oma Daras „Komm herein, Darinka" begleitet.

Und Darinka kam herein, schlürfte dankbar den ihr angebotenen, frisch aufgebrühten Mokka, zupfte mal am Kopftuch, mal an ihrer Schürze, rieb die Handflächen aneinander und begann ihren langen, traurigen Monolog, den Oma Dara ab und zu mit einem Kopfschütteln und einem mitfühlenden „Darinka, meine arme Darinka!" unterbrach.

In diesen frühen Morgenstunden lag ich noch zugedeckt im selben Raum, bereits wach genug, um die vertrauten Geräusche mitzubekommen, die Oma Daras morgendliche Rituale und solche gelegentlichen Frühbesuche auslösten.

Darinka war mit Vidoje verheiratet, einem kaum mehr als ein Meter sechzig großen, aber oft zornigen und unberechenbaren Mann, der dem Alkohol verfallen und daher kaum in der Lage war, für seine vielköpfige Familie zu sorgen. Nicht selten schlug er in blinder Wut auf Darinka ein, während es in diesem armseligen Haushalt an allen Ecken und Enden fehlte und die Unglückliche nicht wusste, wie sie die Armut bewältigen und die hungrigen Mäuler stopfen sollte.

Wenn die Not am größten war, war ihr Oma Dara ein rettender Anker, und Darinka sah zu, dass sie bereits im Morgengrauen bei uns erschien, bevor die alte Bäuerin das Haus verließ, um sich um unsere Tiere zu kümmern. Darinkas jeweiliges Anliegen schwoll dann in einer Art Kummergesang aus ihrem beinahe zahnlosen Mund, während ihr Oberkörper ununterbrochen vor- und zurückschaukelte, ein Zwang, unter dem sie seit ihrer Kindheit litt.

... und da habe ich gedacht, dass du mir wieder einmal helfen kannst, Dara.

Oma Dara half. Sie gab, was sie geben konnte, obwohl wir selbst nicht viel hatten, verschwand eine Weile in der Speisekammer, aus der es kalt in die Wohnstube zog, und kam zurück mit Schüsseln voll Mehl, Schmalz, Käse und Milch. Währenddessen hörte ich sie meist über die Grausamkeiten des Lebens schimpfen oder der armen Darinka eine wohlwollende Abreibung verpassen angesichts ihrer unverbesserlichen Arglosigkeit, denn die unglückselige Namensvetterin war nicht nur im eigenen Haus großer Pein ausgesetzt, sondern wurde auch auf der Straße von ungezogenen Dorfkindern und manchem niederträchtigen Erwachsenen ausgelacht und verspottet.

Hier nimm, Darinka, und komm wieder, wenn das nicht reichen sollte, aber stell dich endlich auf die Hinterfüße und wehr dich gegen Vidoje und das unverschämte Pack, sonst bekommen die es demnächst mit mir zu tun, so wahr mir Gott helfe ...

Kummerfalten

Als ich im uralten Spiegel über der Waschschüssel in unserer Wohnstube, dessen dunkelbrauner Rahmen von Holzwürmern befallen war, zum ersten Mal die beiden vertikalen Stirnfalten wahrnahm, die, wie von unsichtbarer Hand gezeichnet, etwas unterhalb meines Haaransatzes begannen und bis zur Nasenwurzel hinunterreichten, war Oma Dara nach Kuršumlija gegangen und ich allein zu Hause geblieben. Jemand musste da sein, um die Tiere zu versorgen.

Es war einer der verregneten Tage in Krčmare, an denen das Frühjahr dem Spätherbst glich und die Hoffnung schwand, dass die Sonne sich je wieder zeigen würde. Schleichend und dreist drang die Feuchtigkeit durch alle Ritzen in die Stube hinein und ließ mich frösteln, während das Feuer in unserem Ofen zu erlöschen drohte. Bei diesem Wetter zog der Kamin nicht mehr. Von Zeit zu Zeit warf ich ein paar Späne und ein wenig zerknülltes Papier auf die schwächelnde Flamme, um sie zu entfachen. Nur spärlich fiel das Tageslicht durch das einzige Fenster ins Innere des Raumes.

Ungestört kroch jetzt der namenlose Gemütszustand in mir hoch, den ich tagtäglich aufs Neue von mir wies, wie einen ungebetenen Gast, von dem ich ahnte, dass er über kurz oder lang nichts Gutes mit mir beabsichtigte. Es war schwer zu sagen, wann dieses Gefühl sich zum ersten Mal in meinen Eingeweiden geregt hatte. Als Mutter nach Deutschland aufgebrochen war? Davor noch, als Vater plötzlich wie vom Erdboden verschwunden war und wir ihn seither nicht mehr zu Gesicht bekommen hatten?

Derlei Fragen befielen mich immer wieder wie lästige Insekten. Dennoch gab ich sie nicht weiter, weder an Oma Dara noch an sonst einen Menschen, denn ich hatte Angst, Angst vor dem giftigen Stachel, den sie enthielten und der, einmal gesetzt, den Gestochenen schmerzlich verletzen, den Stechenden aber sogar töten konnte.

Eine Weile gab ich mir Mühe, in einem Buch zu lesen, bis ich mich dabei erwischte, immer wieder denselben Satz von vorne zu beginnen. Ich legte das Buch beiseite und lief zum Spiegel zurück, der mir wieder die beiden Stirnfalten entgegenhielt, aber sonst keine brauchbare Antwort bot.

Von einer tiefen Unruhe getrieben, war mir auf einmal, als hätte ich Hunger, und ich öffnete mit einem kräftigen Ruck die große Schublade unseres Küchenschranks, in der das Brot lag, das Oma Dara am Morgen gebacken und in ein großes Leinentuch gewickelt hatte.

Der flache, runde Laib bog sich weich in meiner Hand. Sein vertrauter Duft beruhigte mich, während ich gedankenverloren, mit fahrigen Handgriffen ein Stück davon herunterschnitt, um es mit Schmalz zu bestreichen.

Als selbst das Essen mir schwerfiel, sah ich ein, dass der Hunger kein Hunger, sondern etwas anderes sein musste. Ich ließ das angebissene Stück Schmalzbrot auf dem Küchentisch liegen und ging hinaus auf die Veranda, die bei uns *Doksat* heißt. Dort stand ich eine Weile und starrte hinaus auf die dünnen Fäden aus Regentropfen, die den tief hängenden Himmel mit der aufgeweichten Erde verbanden, und mein Blick verlor sich in dem zerklüfteten See aus kleinen und großen Pfützen, in den sich unser Hof in der Zwischenzeit verwandelt hatte.

Das drängende Blöken aus dem Schafstall holte mich in die Wirklichkeit zurück, und ich ging daran, das Futter für die Schafe zu bereiten.

Dort, zwischen den fellbewachsenen Körpern der vertrauten Tiere, die mich wärmten, fand ich endlich Geborgenheit und blieb lange im Stall sitzen, bis das Knarren des Hoftores verriet, dass Oma Dara aus Kuršumlija zurückgekommen war.

Lehrer Miloš

Sie ist ein so stilles, ernstes Kind, Oma Dara. Was ist aus ihren Eltern geworden?

Die Worte dringen durch die offene Tür unserer Wohnstube und zwingen mich, auf der Treppe innezuhalten. Es ist die Stimme von Lehrer Miloš, unserem Klassenlehrer, der seit einigen Monaten an der Schule in Grabovnica Russisch lehrt.

... Und da haben meine Frau und ich uns etwas überlegt, fährt er fort, ohne Oma Daras Antwort abzuwarten. Wir machen uns Sorgen um das Mädchen ...

Stille.

In meinem Hals eine unerträgliche Enge, im Kopf ein ohrenbetäubendes Pochen.

Oma Dara seufzt schwer.

Wir beide möchten die Kleine adoptieren, wenn Sie nichts dagegen haben ...

Wieder Stille.

Ich halte den Atem an. Das Pochen wird lauter.

Das geht nicht, das kann ich nicht zulassen ...

Oma Daras Einwand ist schwach und kaum hörbar.

Ich weiß ja, ich kann ihr nicht viel bieten, aber sie hat es dennoch gut bei mir, Gott ist mein Zeuge ... Ich sorge für die Kleine, so gut ich eben kann, und sie macht es mir leicht. Nur gute Noten bringt sie nach Hause, das wisst ihr besser als ich. Und sie ist weder

48

frech noch vorlaut ... man muss das Kind ja mögen. Aber das verdammte Schicksal ...

Sie hätte es auch bei uns gut, Oma Dara, und käme Sie oft besuchen, das verspreche ich Ihnen. Aber das Kind braucht Förderung und ein Familienleben.

Oma Dara schweigt.

Ich spüre meine Glieder nicht mehr.

Lass gut sein, mein Junge. Ich weiß, ihr wollt nur das Beste, und ich danke euch dafür. Aber das Kind gehört zu mir, ich gebe es nicht her. Wir beide schaffen das schon, und sie hat ja auch noch Vater und Mutter. Wer weiß, eines Tages ...

Lehrer Miloš schweigt lange.

Na gut, Oma Dara. Es liegt bei Ihnen. Und verzeihen Sie, wenn ich Sie mit meiner Frage beunruhigt habe. Aber meine Frau und ich, wissen Sie ... wir sehen das Kind Tag für Tag in der Schule und leiden mit. Nichts für ungut.

Schon gut, mein Junge. Gott vergelte euch eure Güte und euer Mitgefühl.

Die Stühle knarren.

Ja, dann will ich mal wieder, sagt Lehrer Miloš.

Die Lähmung in meinen Gliedern lässt nach. Ich renne die Treppe hinunter, dann quer über den Hof und in den Stall hinein.

Durch einen Türspalt sehe ich, wie Lehrer Miloš unser Haus verlässt. Ein aufrechter, junger Mann mit großer Hakennase und schmalem Gesicht.

Weihnachten

Es hatte früh geschneit. Unser Dorf trug schon seit Wochen ein feierliches Weiß, und der Frost hatte die Fensterscheiben mit bizarren Eisblumen verziert. Die Sonne machte sich rar und überließ den Winterhimmel mächtigen, silbergrauen Wolken, die täglich neue, große Schneeflocken auf unser Krčmare streuten. An *Badnji dan*, unserem Heilig Abend, waren Oma Dara und ich in aller Frühe aufgebrochen, um einen *Badnjak* zu fällen. Wir nahmen den zugeschneiten Weg entlang des Baches. Eine Stunde zu Fuß lag vor uns, um in einem unserer Wälder den geeigneten Eichenbaum zu finden, der – einmal gefällt und nach Hause geschleppt – für unser Glück und unseren Wohlstand im kommenden Jahr sorgen sollte.

Oma Dara lief voraus und bahnte für mich den Weg im unberührten Neuschnee. Sie trug einen Korb mit besonderem Inhalt: Ein Stück ofenfrischer *Pogača*, eine Handvoll Weizenkörner, einige Stückchen Weihrauchharz, ein Fläschchen Sliwowitz, eine Axt und eine Wolldecke. Ich lief dicht hinter ihr und stapfte mit meinen kleinen Stiefeln in die großen Schuhabdrücke, die Oma Dara hinterließ. Taghell leuchtete der Mond über den schneebedeckten Baumwipfeln. Die Petroleumlampe, die in meiner Hand hin- und herbaumelte, war ganz und gar ihrer Aufgabe beraubt.

Als wir unseren Unteren Wald erreichten, blieb Oma Dara auf der steilen Lichtung stehen und schaute sich um, dann lief sie zielsicher auf eine junge Eiche zu und stellte in deren Nähe den mitgebrachten Korb ab.

Jetzt wurde es ziemlich feierlich. Großmutter breitete die Wolldecke auf dem Schnee aus, verteilte darauf das Mitgebrachte und begann mit der Zeremonie.

Zuerst zündete sie die Weihrauchkrümel an, brach das Brot in zwei Stücke, goss etwas Schnaps in jedes der zwei mitgebrachten Gläschen und bekreuzigte sich davor, danach und dazwischen. Als Nächstes warf sie das Korn auf den auserwählten Baum und umkreiste ihn mit dem rauchenden Weihrauchbecher in der Hand. Ich sah ihr gebannt zu und war mir ziemlich sicher, dass Gott uns dabei beobachtete, von wo auch immer. Umso feierlicher fühlte ich mich, als ich ein Stück Brot und einen Schluck des geweihten Sliwowitz zu mir nehmen durfte, und ganz besonders als Oma Dara mir die Axt in die Hand drückte, sodass der diesjährige Badnjak mein ureigener Beitrag zu unserem künftigen Wohlergehen wurde.

Als wir, die kleine Eiche im Schlepptau, schweißgebadet, aber geläutert unser Haus erreichten, war die Mondsichel verblasst und die Hähne krähten.

Unser Weihnachtsbaum wurde wie jedes Jahr an die vordere Hauswand gelehnt, und Oma Dara brach einen kleinen Zweig davon ab, um die Eingangstür damit zu schmücken. Dann schüttelten wir uns den Schnee von den Schuhen und gingen ins Haus. Es war jetzt noch viel zu tun, *Božić* war erst morgen.

Der Abschied

Der Brief lag geöffnet auf unserem Küchentisch. Ich erkannte die Handschrift meiner Mutter. Große, ungelenke, kyrillische Buchstaben. Wie ihre beiden Schwestern hatte Mutter niemals eine Schule besucht. Nur ihre drei Brüder durften studieren. Die Mädchen brauchte man auf dem Acker. Sie würden eines Tages ohnehin heiraten und einen Haushalt führen, wozu dann die Schule? Erst nach Kriegsende besuchten sie Kurse, um zumindest lesen und schreiben zu lernen. Tito hatte dem Analphabetentum den Kampf angesagt.

In den ersten vier Jahren, nachdem Mutter nach Deutschland gegangen war, erhielten wir von ihr keinerlei Nachricht. Dazu reichte ihre Schreibfähigkeit lange nicht aus, wie sie mir viele Jahre später erzählte, und sie habe auch nicht gewusst, was sie uns hätte schreiben sollen. Dass ihr Verdienst als Tellerwäscherin immer noch zu gering war, um statt einer Bedienstetenkammer eine eigene Wohnung zu beziehen und meinen Bruder und mich zu sich zu holen?

Erst einige Monate zuvor hatte sie begonnen, uns zu schreiben. Glückliche Umstände hatten dazu geführt, dass sie eine feste Putzstelle in einem Krankenhaus bekam. Endlich hatte sie genug Einkommen, um uns monatlich etwas Geld schicken zu können. Auch hatte sie erfahren, dass die deutschen Behörden neu-

erdings unter bestimmten Umständen der Familienzu-
sammenführung eines Gastarbeiters zustimmen konnten. Sie mietete eine Wohnung und lernte, lateinische
Buchstaben zu schreiben – ohne die man in Deutschland einen Brief nicht adressieren konnte –, indem sie
sie einzeln aus Zeitungsüberschriften ausschnitt und
nachzeichnete. Dann begann sie, uns zu schreiben und
Pläne für unsere gemeinsame Zukunft zu schmieden.

Oma Dara schaute mich an. Jemand musste ihr den
Brief bereits vorgelesen haben.

Deine Mutter möchte, dass du nach Deutschland
kommst. Ihre Stimme zitterte ein wenig.

Ich schluckte und nahm den Brief. Einen Pass müs-
se ich beantragen, schrieb sie. Irgendwie solle ich nach
Belgrad kommen, von dort aus würde mein Bruder
mich auf den Weg bringen, es führen täglich Züge
direkt nach München. In meiner Brust pochte es, und
die Gedanken jagten einander. Nach Deutschland ...
allein ... endlich würde ich sie wiedersehen ...

Dann ging alles sehr schnell. Zum ersten Mal, mit
elf Jahren, bekam ich einen Pass, mit einem Passbild
darin und meiner eigenen Unterschrift. Schwarz auf
weiß war zu lesen, ich hatte eine Mutter, einen Vater,
ein Geburtsdatum und eine Staatsangehörigkeit. Ein
neues Gefühl machte sich in mir breit, für das ich
keinen Namen hatte.

An Schlaf war in diesen Tagen nicht zu denken. In
den wenigen Nächten vor meiner Abreise lag ich stundenlang wach neben der alten Frau, die ich so liebte
und deren wichtigster Lebensinhalt ich geworden war.

In all den Jahren, in denen ich bei meiner Großmutter gelebt hatte, war diese von der vielen Arbeit

krumm gewordene, hagere Bäuerin mir stark, beinahe rau erschienen. Weinen sah ich sie selten. Es war nicht ihre Art, sich über das Leben zu beklagen. Gott allein habe alles im Auge und in seiner Hand, pflegte sie zu sagen, und der Mensch habe seine Aufgaben dankbar anzunehmen und zu erfüllen, auch wenn er ihren Sinn nicht immer verstünde. Nur wenn andere litten, vergoss Oma Dara Tränen. In ihrem großen Herzen war unendlich viel Platz für die vom Schicksal Benachteiligten, während sie die Verluste, die das eigene Leben ihr zumutete, tapfer ertrug.

Eines frühen Morgens in jenem beginnenden September nahmen wir voneinander Abschied. Ich umarmte ihren mageren Körper und hielt sie lange fest. Wortlos erwiderte sie meine Umarmung. Schließlich küsste ich ihre welke Hand und drehte mich weg, um loszurennen.

Erst am anderen Ufer des Baches, an der Stelle, von wo aus unser Haus gerade noch zu sehen war, schaute ich zurück und sah sie immer noch vor dem Tor stehen. Sie hob ihren Arm zu einem letzten Gruß, schwach und gebeugt, und so steht sie immer noch dort und winkt, wann immer ich an sie denke und sie vermisse, als Hüterin meiner Heimat und meiner Kindheit, die ich damals für immer verloren habe.

Die Grenzgängerin

Guten Morgen, Ihre Pässe bitte! Die Stimme klang stählern und streng. Ich erschrak über die durchdringenden Worte, die ich nicht verstand. Die Ungarin, die seit Belgrad den Fensterplatz mir gegenüber belegt hatte, lächelte mir beruhigend zu. Sie deutete auf meine kleine, blaue Handtasche aus Leinenstoff, während sie selbst in ihrer eigenen kramte.

Das ist die österreichische Grenzpolizei, sie wollen unsere Pässe sehen, sagte sie auf Serbisch.

Ein Mann in Uniform war in der offenen Tür des voll besetzten Abteils stehen geblieben und musterte uns, einen nach dem anderen, mit einem forschen, leicht ungeduldigen Blick. Ein weiterer stand dicht hinter ihm, zwischen Koffern, Körben und Taschen im Korridor des Nachtzuges.

Ich gab mir Mühe, meinen Pass in aller Eile aus dem eigens dafür vorgesehenen Fach herauszuholen, aber meine Finger zitterten und das Vorhaben wollte nicht gelingen.

Gib schon her, ich helfe dir, sprach die Ungarin mich wieder an, du musst keine Angst haben, ich regle das mit der Grenzpolizei.

Ich ließ es geschehen und sah ihr zu, wie sie meinen Pass herausnahm und ihn dem Mann in Uniform reichte, während sie in kurzen, ruhigen Sätzen mit ihm redete und dabei mit einer Kopfbewegung auf mich deutete.

Der Polizist hörte zu, war aber offensichtlich noch nicht zufrieden. Er blätterte prüfend in den beiden Pässen, schaute abwechselnd zu ihr und zu mir. Dann schien er eine unangenehme Frage zu stellen, denn die beredte junge Frau, die fließend deutsch sprach, beeilte sich mit ihrer Antwort und geriet dabei ins Stottern.

Ich hielt den Atem an und sah mit meinem Pass mein weiteres Schicksal in der Hand des uniformierten Mannes mit dem strengen Blick. Kalter Schweiß stand mir auf der Stirn und meine Wangen brannten.

Doch gerade in dem Augenblick, als die Spannung unerträglich wurde und ich mich so eng in die Ecke drückte, dass mein Rücken zu schmerzen begann, verzog sich der schmale Mund des Grenzpolizisten plötzlich zu einem breiten Lächeln. Er schaute mich freundlich an, drückte den Stempel auf das geöffnete Dokument, reichte mir meinen Reisepass zurück und wünschte gute Reise, bevor er die Tür unseres Abteils mit einer energischen Bewegung hinter sich zuzog und aus unserem Blickfeld verschwand.

Siehst du, sagte die Ungarin und streckte den Arm aus, um meine Hand zu berühren, alles ist gut gegangen. Die Kontrollen in Salzburg bringen wir auch noch hinter uns. Du kannst dich also schon auf deine Mutter freuen.

Ich sah sie dankbar an und schwieg, um die aufkommenden Tränen zu unterdrücken. Sie waren das Letzte, was jetzt angebracht war. Ich musste mich zusammenreißen.

56

Du schaffst das schon, Schwesterchen, waren die aufmunternden Abschiedsworte meines Bruders, der etwa eine Stunde zuvor den Zug verlassen hatte, im slowenischen Jesenice, dem letzten Halt vor der österreichischen Grenze.

Er hatte mich – selbst erst fünfzehn Jahre alt – von Belgrad bis dorthin begleitet, hatte tapfer meinen Fensterplatz vor unbefugtem Andrang verteidigt und meine kleine Reisetasche auf der Gepäckablage verstaut. Dann war er viele Stunden geduldig und wachsam neben mir gesessen und hatte alle Mitreisenden im Abteil genau beobachtet, um eine vertrauenswürdige Begleitung für meine Weiterreise nach Deutschland zu finden. Es war nicht sicher, wie die Grenzpolizisten in Österreich und Deutschland es aufnehmen würden, dass hier ein elfjähriges Kind allein unterwegs war, über Tausende von Kilometern und zwei Staatsgrenzen hinweg, ohne auch nur ein Wort deutsch zu sprechen.

Diesen Plan hatte er sich nach Mutters brieflicher Anleitung schon vor Beginn der Reise sorgfältig ausgedacht und ihn verinnerlicht. Doch obwohl er sich alle Mühe gab, mir gegenüber gelassen und sicher zu wirken, waren sein sorgenvoller Blick und seine versteckte Trauer mir nicht entgangen. In diesen nächtlichen Stunden im Zug saßen wir dicht nebeneinander, jeder seinen schweren Gedanken ausgeliefert, aber bemüht, dem anderen mutig und heiter zu erscheinen.

Wohl um meine Angst zu vertreiben, redete mein Bruder viel und erklärte mir immer wieder die wichtigsten Punkte zwischen Jesenice und Karlsruhe, die ich allein zu bewältigen hatte, und er gab sich alle

Mühe, dabei nichts Wesentliches zu vergessen. Einige Male schaute er in meinem Handtäschchen nach, ob der Zettel mit der Adresse unserer Mutter auch wirklich sicher im Fach neben meinem Reisepass steckte, und sprach davon, dass ich sie immerhin endlich, nach mehr als vier Jahren, sehen würde, und wie sehr er mich darum beneidete.

Ich wagte kaum, ihm in die Augen zu sehen, und drückte stattdessen seine schmale Hand, während ich mich mit jedem Kilometer, den unser Nachtzug zurücklegte, elender und schwächer fühlte. Eine unsägliche Enge und Kälte hatte meinen Körper ergriffen, und ein unentwirrbares Durcheinander von Bildern und Gefühlen überfiel mich angesichts unseres nahenden Abschieds.

Er konnte nicht mitkommen, das hatte er mir tausendmal erklärt, er hatte kein Visum bekommen, weil seine Militärpflicht noch nicht abgeleistet war.

Visum, Militärpflicht ... Das waren ernste, schwierige Begriffe, mit denen ich noch nichts anzufangen wusste.

Das Los meines Bruders lastete schwer auf mir. In einigen Stunden würde er diesen Zug verlassen und nach Belgrad zurückkehren, zurück in die Kühle und Strenge seines Internats. Die Unerträglichkeit dieser Vorstellung schnürte mir die Kehle zu, also schwieg ich und sah ihn nicht an, starrte stattdessen zum Fenster hinaus, auf vorbeiziehende, monderhellte Felder und schlafende Dörfer entlang der Bahngleise, im Tal der Sava.

Kurz vor Zagreb hatte mein Bruder seine Entscheidung getroffen. Er fasste sich ein Herz und wandte sich an mein Gegenüber. Eine blonde, junge Frau, die grobe Gesichtszüge, aber warme Augen hatte, und welch ein Glück, sie sprach unsere Sprache, wenn auch mit einem fremden Akzent. Wir erfuhren, dass sie in Ungarn geboren und in Serbien verheiratet war und dass sie, wie unsere Mutter, in Deutschland ihr Brot verdiente.

Die Ungarin hörte aufmerksam und mitfühlend zu, während mein Bruder ihr unser Anliegen schilderte. Dann willigte sie ein, mich ab Jesenice in ihre Obhut zu nehmen, vor allem aber gegenüber der Grenzpolizei, den Zollbeamten und Schaffnern die Rolle meiner Reisebegleiterin zu übernehmen und mich in München in den richtigen Zug nach Karlsruhe zu setzen, wo Mutter auf mich warten wollte.

Als mein Bruder den Zug verließ, war es weit nach Mitternacht. Im Bahnhof von Jesenice zischte und pfiff es laut. Die Lokomotiven wurden ausgetauscht, lange, voll bepackte Gepäckwagen rollten die Gleise entlang, die Ausgestiegenen ergriffen eilig ihre Koffer und verschwanden in der Nacht.

Meine fürsorgliche Begleiterin hatte das Fenster unseres Abteils für mich heruntergezogen, damit ich ihm winken konnte, bis er am Bahnsteig gegenüber in seinen Waggon nach Belgrad einstieg. Lange stand ich noch dort, das Kinn auf der Gummidichtung, die die schmutzige Fensterscheibe umsäumte, während unser Zug aus dem Bahnhof rollte und die letzten Lichter von Jesenice im nächtlichen Nebel verschwanden.

Die Stadt an der Murg

Anheimelnd badete das Städtchen in der immer noch kräftigen Sonne des Spätsommermorgens. Das war sie also, die unbekannte Stadt, in der Mutter lebte, deren Namen ich nun schon oft auf einen Umschlag geschrieben, deren fremdes Gesicht ich mir in unzähligen Tagträumen vorzustellen versucht hatte. Jetzt war ich hier, es war keine Einbildung, auch nicht die warme, weiche Hand meiner Mutter, die die meine drückte, während wir stadteinwärts liefen.

Der Zug aus München, in den mich tags zuvor meine ungarische Begleiterin gesetzt hatte, hatte am Abend pünktlich Karlsruhe erreicht. Es war mir schwer gefallen, ruhig auf meinem Platz sitzen zu bleiben und auf Mutter zu warten, während das Abteil sich leerte und jeder außer mir zu wissen schien, wohin er ging. Doch ich hielt mich an die Worte der Ungarin, während ich ihre beruhigende Gegenwart vermisste. Die junge Frau hatte sich in München nach einem kurzen Gespräch mit dem Zugführer hastig von mir verabschiedet und war davongeeilt, um den eigenen Anschluss nicht zu verpassen.

Während der Fahrt nach Karlsruhe war die eine Frage nicht aus meinem Kopf gewichen. Sie hatte nach und nach jeden anderen Gedanken verdrängt: Wird Mutter mich auch finden? Jetzt, da alle Mitreisenden ausgestiegen waren und ich allein im Abteil geblieben war, wollte das Warten nicht enden. Was, wenn der Zug weiterfuhr und wir uns verpassten? Doch schließlich hatte ein Schaffner die Tür des Abteils geöffnet und mich mit meinem Namen angesprochen, um danach auf die Seite zu treten und meine Mutter hineinzulassen.

Es war schon spät in der Nacht, als wir ankamen. Erst am Morgen bot sich mir ein erstes Bild ihres Wohnorts. Alles war anders, ganz anders als in meiner Vorstellung.

Prächtig glitzerten die roten Dächer über den sauberen Fassaden, aufgeräumt und lebendig wirkten die Gassen des Stadtteils Dörfel, in dem Mutter wohnte, ruhig und gezähmt floss die Murg zwischen ihren tiefgrünen Ufern.

Der Weg zum Wochenmarkt führte uns über den Rohrer Steg. Guten Morgen, Herr Wagenbach, auch so früh unterwegs? Der alte Mann zog genüsslich an seiner Pfeife und grüßte freundlich zurück.

An vieles musste ich mich erst gewöhnen, an die vertraute, lang entbehrte Stimme meiner Mutter, an die fremden Worte, die sie scheinbar mühelos sprach, daran, dass Tausende von Kilometern mich von Oma Dara und meinem Bruder trennten.

Der blühende Schlosspark, das barocke Schloss mit der vergoldeten Statue über ihm, der kleine Marktplatz am Rathaus – ich war jetzt mitten in jener rätselhaften Welt, von deren ferner Existenz ich bisher nur geträumt hatte und die so anders war als die wilden Landschaften meiner Kindheit.

Der Gang zum Markt gab mir Gelegenheit, den Menschen in die Gesichter zu sehen, und was ich darin fand, war für mich schwer zu verstehen. Eindeutig und unübersehbar war es dennoch. Freundlich und friedlich blickten sie drein, viele warmherzig und gutmütig, und da geriet ein weiteres meiner inneren Bilder ins Wanken. Sollten das die Deutschen sein, über die in unseren Geschichtsbüchern Furchtbares zu lesen stand? Abgesehen von ihren meist blonden Haaren und ihrer blassen Haut konnte ich zwischen ihrer und unserer Art nur wenig Unterschied erkennen.

Ein großes Stück Schwarzwälder Torte, die bunten Schaufenster, der Hopfen- und Malzgeruch aus den beiden Brauereien – eine Welt, die erst noch entdeckt werden wollte. Ich lief mit geröteten Wangen neben meiner Mutter, und für Momente war es mir, als gäbe es mein Heimweh und die vielen unbeantworteten Fragen nicht mehr. Stattdessen genoss ich Mutters lang entbehrte Gegenwart und wünschte mir, dass dieser beschauliche Ort bald auch mein Zuhause werden würde.

Herr Wagenbach

Die Vormittage verbrachte ich meist allein, in Mutters Zweizimmerwohnung in der Ritterstraße, die sie jeden Morgen in aller Früh verließ, um zur Arbeit zu gehen. Zunächst machte ich mich daran, diese kleine Welt kennenzulernen und mich irgendwie nützlich zu machen, mit Bügeln, Wäscheaufhängen und Geschirrspülen zum Beispiel. Das gelang in der Regel ohne Schwierigkeiten. Allein die Sache mit dem Wäscheaufhängen hatte einen Haken. Ich war nicht groß genug, um die im winzigen Innenhof gespannten Seile zu erreichen. Aber Improvisation war etwas, was Oma Dara mir früh beigebracht hatte, und so half ich mir kurzerhand mit einem kleinen Schemel, den ich im Schuppen fand.

Herr Wagenbach, Hausbesitzer und Nachbar, wunderte sich über meine Eigeninitiative, und um mir das zu sagen, kam er näher und sprach ziemlich laut, als würde ich ihn dadurch besser verstehen. Zuerst erschrak ich ein wenig, doch dann erkannte ich die gute Absicht in seinem freundlichen Blick und dem schalkhaften Lächeln. Ich lachte schüchtern zurück und zuckte mit den Schultern, nickte gleichzeitig eifrig, zum Zeichen, dass ich zwar seine Sprache nicht verstand, dennoch aber begriff, was er sagen wollte.

Später, am selben Tag, war mir vor Langeweile die Decke auf den Kopf gefallen, also sah ich mich nach Ablenkung um und entdeckte ein altes Radio, das neben Mutters Nachttisch stand.

„Hey Joe" rockte Jimi Hendrix mit seiner rauen Stimme auf, und ich begann vor dem geöffneten Fenster zu tanzen, warf die Haare hin und her, wie mein Bruder es immer getan hatte, wenn wir in den Ferien allein waren und er so lange an den Knöpfen von Onkel Tomas Transistorradio drehte, bis er einen Belgrader Sender fand, der die Musik seines rebellischen Vorbilds spielte.

Da kam der alte Mann wieder näher, sah mir eine Weile amüsiert zu, legte seine Pfeife beiseite und gab sich Mühe, meine wilden Bewegungen nachzuahmen – und ich lachte aus tiefstem Herzen und fand ihn großartig.

Das war der Augenblick, in dem Opa Wagenbach und ich Freunde wurden, der Moment, in dem ich begann, mich in Mutters kleiner Wohnung in der Ritterstraße zu Hause zu fühlen.

Toplica weiß es

Wird jemand auf dich warten?, fragt der Fahrer des frühen Busses aus Belgrad, der auf der holprigen Straße hin- und herschaukelt und eine große, dichte Staubwolke hinter sich her schleppt.

Nein, sage ich, dort können Sie anhalten, und strecke den freien Arm in Richtung der Holzbrücke aus, die nur für Augenblicke zwischen den flach gebauten Häusern und staubbedeckten Bäumen am Straßenrand zu sehen ist.

Hinter mir entsteht ein lebhaftes Durcheinander, Körbe und Taschen werden von den Gepäckablagen gezerrt.

Das ist noch nicht die Bushaltestelle, Leute!, schreit der Fahrer aus vollem Hals, in der Hoffnung, dass auch jene in den letzten Sitzreihen ihn verstehen werden, und tritt hart auf die Bremse. Der Bus rutscht etwas zur Seite, schaukelt und bleibt stehen. Durch die offene Vordertür dringt ein angenehmer Hauch des frühen Herbsttages.

Steig runter, Kleine, ich reich dir die Sachen, spricht ein schnurrbärtiger alter Mann mich mit seiner gutmütigen Stimme an, wieso wartet denn keiner auf dich, Herrgott noch mal? Woher kommst du denn angereist mit deinem sperrigen Koffer? Du lieber Himmel, da passt du ja selbst mit rein!

Ohne eine Antwort zu erhalten, klettert der betagte Bauer bis zur ersten Stufe herunter und reicht mir das Gepäck. Dann steigt er wieder ein und hebt zum Abschied den Arm, bevor die Falttür sich hinter ihm schließt.

Ich bleibe stehen und warte, bis sich der erste Staub hinter dem davonfahrenden Bus legt, dann mache ich mich langsam auf den Weg, den schweren Koffer nur mit Mühe schleppend.

Auf dem staubigen Weg zwischen Pepeljevac und Krčmare ist keine Menschenseele außer mir, und die Septembersonne brennt und brennt, als sei der Sommer noch nicht vorbei. Die erste Anstrengung bringt mich gerade noch bis zur Brücke. Dabei wechsle ich häufig die Trageseite und stelle alle zwanzig Schritte das schwere Gepäck ab, bis der Schmerz in der Schulter nachlässt.

Ein Schwarm vorbeiziehender Vögel am wolkenlosen Himmel zerreißt das makellose Blau und erzählt seine eigene Geschichte über die tatsächliche Jahreszeit. Bald beginnt ihre lange Reise, während ich hier unten fast am Ende der meinen bin.

Sie müssen Ihre Tochter nach Jugoslawien zurückschicken, hatte der große, blonde Mann gesagt, der im Rathaus saß und über Menschenschicksale entschied. Er war freundlich und zugewandt, aber er wollte uns den Stempel nicht geben, der so viel zu bedeuten schien. Stattdessen hatte er meinen Pass zugeklappt und ihn meiner Mutter übergeben, die so blass wie die Wand geworden war und lange kein Wort herausbekam.

Aber Sie hatten es mir doch versprochen, kam endlich ihre verzweifelte Gegenrede. Meine Kinder brauchen mich, sie leben schon vier Jahre ohne mich.

Das Mädchen ist zu jung und versteht kein Wort Deutsch, muss der Beamte ihr erklärt haben, kommen Sie wieder, wenn es einen ersten Schulabschluss nachweisen kann.

Drei Jahre. Es würde drei weitere Jahre dauern, bis ich einen Schulabschluss bekäme.

Gedankenverloren sitze ich eine Weile auf der Brücke, auf meinem niedergelegten Koffer, und beobachte aufmerksam, mit stiller Aufregung, das heitere Schwimmen kleiner und großer Fische um die grünlich bewachsenen Steine. Ein märchenhafter Tanz wasseraufwärts, voller Begeisterung, ein wahrer Willkommensgruß, wie es scheint.

Der leise Gesang in den Zweigen der heimatlichen Pappeln und das Rauschen der klaren Toplica unter der Brücke stärken meine Gedanken, dass ich die Zugvögel nicht beneide. Es ist gut, wieder nach Hause zu kommen. Dort unten bin ich groß geworden, hinter jenem ersten weiten Bogen, den die Toplica um den Hügel am Eingang in unser Krčmare schlägt, von dieser Stelle auf der Brücke gut zu erahnen, von dichten Reihen üppiger Pappeln und den Weiden am Flussufer deutlich nachgezeichnet.

Was wusste er nicht alles über mich und die Meinen, dieser schöne, lebendige Fluss, der von Zeit zu Zeit, nach üppigen Regenfällen, gefährlich anschwoll und „braun wie Erde" daherkam, von den Bergen Kopaoniks herniederbrechend, durch Kuršumlija, an unserem Dorf vorbei und weiter über Prokuplje, bis zu seiner Mündung in die Südliche Morava.

Er war Zeuge meiner ersten Versuche, zu schwimmen, erst an seinen steinigen, flachen Stellen, später auch in seinen unberechenbaren Tiefen. Er wusste, dass mein Onkel manchmal verbotenerweise in ihm Fische angelte, doch er vergab derlei kleine Untaten schnell, sich des entschuldbaren Grundes bewusst, unseres fleischlosen Familienfestes im August, des heiligen *Arhiđakon Stefan*. Mitunter erlebte er mich mit Tränen in den Augen, wenn ich keine Antwort auf schmerzliche Fragen hatte, darüber, wozu ich da war und zu wem ich gehörte, und woraus der dunkle Schatten bestand, der immer wieder auf unser Leben fiel. Er sah mich oft, von unseren Viehherden umgeben, entlang seiner wild bewachsenen Ufer und naher Bergwiesen ziehen, von frühen, taunassen Morgen bis zu den tiefroten Sonnenuntergängen bunte, flauschige Teppiche aus Kinderträumen weben und mit Hilfe meiner nackten Füße die Länge des eigenen Schattens messen. Ein vier Fuß langer Schatten – Toplica wusste es – gab Erlaubnis, die Herde zur Mittagsruhe nach Hause zu treiben, und der riesige Feuerball an den Rändern des Kopaoniks gegen Abend beendete einsame Nachmittage neben den Tieren, die unser Leben ausmachten. Zum Glück erlebte er mich häufig auch heiter, voller Begeisterung über eine gute Note oder gerade gedichtete Verse auf Deckblättern des Hausaufgabenheftes, über den nahenden Sommer oder den herbeigedachten Duft von Oma Daras frisch gebackenem Brot, mit Kajmak oder Schmalz bestrichen.

Da war zuweilen auch die Angst vor Blitz und Donner, während ich das Vieh mit selbst gebastelten Ruten laut mahnend über den Fluss trieb, um bloß nicht vom Unwetter eingeholt zu werden.

Hin und wieder hatte ich Gesellschaft, Tante Stanas Nada etwa, die nie geheiratet hatte, oder den tauben Mile Kumović. Mit der ersten pflegte ich tausend Geschichten über Gott und die Welt zu spinnen, mit dem zweiten das mitgebrachte Vesper zu teilen und mich wortlos zu verständigen, mit Hilfe von Händen und Gebärden.

Ich dachte nach über alles und jedes, erfand Geschichten über Reisende des Zuges, der täglich laut pfeifend an unserem Dorf vorbeidonnerte, bereits im Abbremsen vor der nächsten Station in Pepeljevac.

Ja, so war es, und Toplica wusste alles.

Die Bilder des Abschieds in Stuttgart kehren für einen Moment zurück und ziehen einen dunklen Vorhang vor die sanfte Septembersonne.

Ein Zug, ein Bahnhof, der Druck in der Magengrube, der Kloß im Hals, der Geschmack unterdrückter Tränen, die nicht sein dürfen, nicht jetzt, nicht hier.

Das lärmende Aufbruchchaos übertönt die Stimme meiner Mutter, die seit Minuten den Zug verlassen hat und versucht, mir vom Bahnsteig etwas zuzurufen.

Wie schön sie aussieht. Wie eine Dame. Sogar beim Friseur ist sie gewesen, trägt einen hellblauen Mantel und dunkle Pumps mit hohen Absätzen.

Ich kann dich nicht verstehen, rufe ich und klettere auf den Heizkörper, um den Kopf durch das Zugfenster hinauszustrecken.

Sei tapfer, grüß deinen Bruder und Oma Dara, verstehe ich jetzt, aber da ertönt auch schon der schrille Pfiff des Zugführers und ein heftiger Ruck geht durch den Zug, ehe er sich in Bewegung setzt.

Mutter läuft noch eine Weile neben dem Zug her und winkt, dann entfernt sich ihre Silhouette immer schneller, bis sie vollends aus meinem Blickfeld verschwindet.

Eine dichte Staubwolke aus der Richtung unseres Dorfes zieht meine Aufmerksamkeit auf sich und reißt mich aus den Gedanken. Die rote Farbe eines *Fića*, der seinen Weg vorsichtig zwischen Steinen und Löchern sucht, schimmert in der Ferne durch die dicke Staubschicht hindurch. Ein Glück, dass es nicht regnet, denn sonst würde das kleine Auto zur Hälfte im aufgeweichten Boden versinken, und auch ich hätte jetzt meine liebe Not, mit dem Gepäck und Sommerschuhen aus Textil. Da fährt, denke ich, Familienbesuch aus Belgrad oder Niš in die Stadt zurück, den Kofferraum voller Eingemachtem, Käse, Schnaps und vielerlei Gemüse.

Ich gehe weiter, der Staubwolke entgegen, seitlich gebeugt, bemüht, den Koffer aus dem Staub zu halten. Um mich herum nun weites, flaches Land, bepflanzt mit jetzt schon reifem Mais, und abgemähte, sonnenverdörrte Felder, die davon zeugen, dass die Weizenernte lange vorüber ist.

Um dem Auto Platz zu machen, trete ich für einen Augenblick zur Seite und nutze die Gelegenheit, mir abermals den Schweiß von der Stirn zu reiben. Der Wagen fährt an mir vorbei, und seine Insassen, zwischen Körben und Taschen zusammengepfercht, sehen mir neugierig hinterher.

Ob Oma Dara zu Hause sein wird, frage ich mich, nicht ohne Unruhe, obwohl nicht klar ist, wo sie sonst sein sollte zu dieser Tageszeit.

In der Nähe des Dorfes sehe ich, sobald ich Rašas Nussbaumgarten passiere, den tauben Mile, der seine Schafe den Kumović Hügel hinauftreibt, und ich winke ihm zu, um ihn zu grüßen. Mile bleibt stehen und begleitet mich mit erstauntem Blick, und ich frage mich, ob er die Schafe um mich herum vermisst oder sich über meinen großen Koffer wundert.

Nur einen Steinwurf von Opa Belas Hof entfernt ist der Weg zwischen zwei Hügeln eingeschnitten. Dichte Akazienreihen auf beiden Seiten, deren Spitzen sich oben berühren und den Blick zum Himmel verwehren, bilden einen schattigen Korridor, an dessen Ende ich kurz innehalte. Der Blick ist jetzt frei, bis hin zu unserem Haus, auf dem anderen Ufer des Baches. Ich sehe das weit geöffnete Fenster und mein Herz schlägt schneller vor Aufregung und Freude.

Das Tor quietscht laut und zerreißt die Mittagsstille. Mein Kommen bleibt dennoch unbemerkt. Die alte Frau sitzt müde auf dem Schemel vor dem Herd, das Gesicht tief in ihren großen Händen verborgen.

Oma Dara, ich bin es ...

Oma Daras Augen sagen, dass sie ihnen nicht traut.

Jana, mein Kind, bist du es wirklich?

Ich bin es, Oma Dara. Sie schicken mich zurück, die Deutschen. Ich soll zuerst die Schule beenden, sagen sie.

Die Ohrfeige

In dem hellbraunen Koffer aus leinenartigem Textil, den Mutter für mich gepackt hatte, bevor ich nach nur drei Wochen Deutschland wieder verlassen musste, lagen – ordentlich gefaltet – lauter neue Kleider, die ich jetzt eines nach dem anderen anzog, wenn ich zur Schule ging.

Diese Röckchen und Pullover strahlten in bunten Farben und passten mir wie angegossen, ganz im Gegensatz zu jenen zu kurz und zu eng gewordenen, abgewetzten Sachen, die ich trug, als ich bei ihr ankam. Wenn ich jetzt so anders gekleidet durch das Dorf lief, blieb Groß und Klein stehen, sah mir hinterher oder kam näher, um die wunderbaren Kleider zu betrachten und zu befühlen. Was hast du für ein Glück, Jana, dass deine Mutter in Deutschland lebt.

Wenn ich morgens aufwachte und mein Blick zuallererst auf den geöffneten Koffer mit den neuen Kleidern fiel, war es mir, als läge darin ein Stück jenes fremden Schlaraffenlandes, das Deutschland hieß und das ich – wenn auch nur für kurze Zeit – mit eigenen Augen zu sehen bekommen hatte.

Eines Tages in diesem September, ziemlich bald nach meiner Rückkehr aus Deutschland, traf ich auf dem Schulweg auf eine Gruppe von Mädchen, die zwei, drei Jahre älter waren und stets mit einigem

Mitleid auf uns „Kleine" herunterblickten. Von Weitem schon kam eine von ihnen merkwürdig entschlossen auf mich zu. Von einer unguten Vorahnung erfasst, verlangsamte ich meinen Schritt und lief ganz außen an den Hecken entlang. Hätte ich dem aufkommenden Unbehagen nachgegeben, so wäre ich am liebsten umgekehrt oder hätte einen anderen Ausweg gesucht, um die Flucht zu ergreifen.

Als das Mädchen näher kam, erkannte ich Ljuba, die Schwester eines meiner Klassenkameraden, was mich erst recht durcheinanderbrachte, denn sie war mir bis dahin immer freundlich gesinnt gewesen.

Sagte ich's doch, schon wieder ein neuer Fetzen! rief sie den anderen aus der Gruppe zu, während sie ihren Kopf leicht nach hinten drehte, ohne die Augen von mir zu lassen. Ihre Stimme klang seltsam fremd und verzerrt.

Meinen Versuch, ihr aus dem Weg zu gehen, vereitelte sie, indem sie sich mit gegrätschten Beinen vor mir aufbaute und die Arme ausbreitete, was unseren staubigen Schulweg in ihr erklärtes Eigentum verwandelte und mich in eine armselige, kleine Kreatur, die sich erdreistete, das Terrain des eindeutig Stärkeren zu betreten. Und ehe ich einen klaren Gedanken fassen konnte, der getaugt hätte, meine Lage auch nur im Geringsten zu verbessern, kam einer ihrer ausgebreiteten Arme zu mir herübergeflogen und ihre flache Hand landete für Bruchteile einer Sekunde auf meiner ohnehin geröteten, heißen Wange.

Lass gut sein, Ljuba, rief jemand aus der Gruppe ihr zu, die Kleine hat dir doch nichts getan, und Ljuba drehte sich um und lief davon, aber bevor sie das tat, spuckte sie angewidert in den Staub vor meinen Füßen.

Eine Weile noch stand ich wie angewurzelt da und war unfähig zu denken, geschweige denn weiterzugehen. Dann war es mir, als reiße der Weg vor mir auf, den ich doch bisher immer unbeschwert und sicher gegangen war.

Es war schwer auszumachen, woraus die Kluft bestand, die mich plötzlich von jenen trennte, zu denen ich mich zählte. Deutlich zu sehen und unsäglich bedrohlich war dieser Riss dennoch, und aus einer unbestimmten Ahnung heraus sehnte ich mich nach meinen alten Kleidern zurück, die Mutter in eine der grauen Blechmülltonnen vor dem Haus Nummer dreiundzwanzig in der Ritterstraße geworfen hatte.

Andrija

Andrija muss damals vierzehn oder fünfzehn Jahre alt gewesen sein. Er war einer der Jungen aus der Abschlussklasse. Sein Schulweg führte ihn an unserem Haus vorbei, und so begegneten wir uns häufig. Andrija trug seine Bücher lose unter dem Arm. Für eine Schultasche reichte es nicht, und die bei uns sonst üblichen Beutel aus Wolle oder Hanf kamen ihm albern vor und waren unter seiner Würde.

Er lebte mit seinen Eltern und Geschwistern hoch oben in den Bergen, in einem einsamen Haus zwischen den Wäldern unserer Heimatgemeinde.

Manchmal liefen wir ein Stück des Schulweges gemeinsam, bis zu unserem Haus, und wenn wir uns vor dem Tor trennten, hatte Andrija noch mehr als eine Stunde Fußweg vor sich. Seine Familie war arm, so viel stand fest, und die Schule war der angenehme Teil seiner täglichen Pflichten. Er war der älteste Sohn, wichtigste Stütze seines Vaters bei der Feldarbeit.

Andrija verriet auf eine ihm eigene Weise, dass er große Träume hatte. Der Blick hinter den langen Wimpern konnte für Momente hell aufleuchten und funkelte feurig, wenn die dunklen Augen sich vor Begeisterung entzündeten. Das war der Fall, wenn er von seiner Zukunft sprach, von seinen Plänen, bald die Provinz zu verlassen und in Belgrad zu studieren.

Für Andrija war ich wie eine kleine Schwester. Er redete nicht viel mit mir, und wenn, dann so, wie man mit einem Kind redet. Seine Art, mich anzuschauen, hatte etwas Beschützendes, und das an sich war eine Wohltat, denn die meisten anderen Jungen waren frech und taten sich wichtig, indem sie uns Mädchen den Weg versperrten oder unanständige Worte hinterherriefen.

Ich mochte Andrija sehr. Er erinnerte mich an meinen älteren Bruder, der in Belgrad lebte, und den ich schmerzlich vermisste.

Unsere Freundschaft wuchs Jahr um Jahr, bis zu jenem Tag im Juni 1968. Es war Andrijas letzter Schultag. Er hatte mich, leise pfeifend, unterwegs eingeholt, und wir schlenderten wieder einmal zusammen nach Hause. Es war gegen Mittag. Die klare Luft war schon ordentlich aufgeheizt, und es roch nach frischem Heu. Ein leichter, lauwarmer Wind spielte mit unseren Haaren, alles um uns herum atmete den frühen Sommer ein und aus, und dieser warf verschwenderisch um sich mit Farbe, Duft und Gezwitscher. Er hatte sich in den letzten Tagen mit seinem unbeschreiblichen Gelb unserer Felder bemächtigt und die letzten Wolken vom Himmel vertrieben, und nun gab er ihr alle Macht, der sengenden, blendenden Sonne.

Andrija war glücklich über seinen Schulabschluss, er redete mehr als sonst. Zwischendurch spurtete er immer wieder mit ausgebreiteten Armen im Zickzacklauf nach vorn, von einer zur anderen Seite des staubigen Weges, bolzte am Ende übermütig gegen den nächstbesten Stein und sah ihm nach, bis eine kleine Staubwolke verriet, wie weit er gekommen war. Wenn er den Kick für gut befand, pfiff er sich selbst anerkennend leise durch die Zähne.

Als wir vor unserem Tor angekommen waren, gab er mir zum Abschied die Hand, und ich schaute zu ihm auf. Hinter seinen Lippen brach ein unruhiges Lächeln hervor, ein paar Strähnen des dunklen Haares tanzten vor seiner Stirn, und da war dieser Blick, der zum ersten Mal etwas anderes als brüderliche Zuneigung enthielt, Augen, die mich anschauten, aber ein anderes Wesen zu sehen schienen, ein Wesen aus der Zukunft, die Frau, die ich eines Tages werden würde.

Andrija hat in Belgrad studiert, und ich bin mit fünfzehn Jahren für immer nach Deutschland gegangen. Wir haben uns nie wieder gesehen. So hat er nie erfahren, was er an jenem Sommertag vor unserem Tor ausgelöst hat: Ein selten in dieser Klarheit erlebtes Gefühl als Mensch und als Frau gleichzeitig gemeint zu sein, ein Hauch der eigenen Seele in den Augen eines nahen Menschen gespiegelt.

Eine Fremde

Als ich im Juni 1970 am Münchner Hauptbahnhof aus dem Zug stieg, empfing mich ein für mich anderes Deutschland als bei meiner ersten Ankunft drei Jahre zuvor. Es war ein Deutschland, in dem inzwischen nicht nur Mutter, sondern auch mein Bruder lebte, jetzt schon ein junger Mann von neunzehn Jahren. Beide erwarteten mich hier, und als ich sie so nebeneinander stehend zum ersten Mal erblickte, schmolzen die vergangenen acht Jahre plötzlich dahin. Ich stand wie angewurzelt da und sah die beiden Lachenden und gleichzeitig Weinenden sich den Weg durch die wuselnde Menge bahnen und auf mich zukommen, und ich lachte und weinte auch, denn: Die mir da entgegenliefen, das war meine Familie.

Im Herbst schickten sie mich in die Schule. Soll sie doch eine Lehre beginnen, hatte der Beamte meiner Mutter geraten, als sie mit mir zum Arbeitsamt gegangen war, um zu erfahren, was man mit Jugendlichen wie mir anfangen konnte, die erst vor Kurzem eingereist waren und noch kaum ein Wort deutsch sprachen.

Dabei war er deutlich gelangweilt auf seinem Bürostuhl hin und her gerollt, hinter Bergen von Akten mit rosa Deckblättern. Sein feister Oberkörper war zwischen Rücken- und Armlehnen gefährlich einge-

78

quetscht. Wissen Sie, das wäre das Beste für alle, meinen Sie nicht auch, Herr Novak?

Herr Novak, offensichtlich unser Landsmann, der scheinbar rein privat hier zu Besuch war und bereits auf einem der beiden Besucherstühle saß, als Mutter und ich hereingebeten wurden, kämpfte gerade gegen einen hartnäckigen Gähnanfall und war einigermaßen überrascht, angesprochen zu werden. Zuerst schien er sich zu fragen, was ihn das Ganze anging, dann aber hatte er doch eine Idee. Er ließ sich von seinem Gegenüber einen gelben Zettel aus dessen Zettelkasten geben, holte einen goldverzierten Füller aus der Innentasche seines Jacketts und schrieb eine Adresse darauf, um ihn danach Mutter in die Hand zu drücken.

Suchen Sie doch Frau Albrecht auf, sagte er auf Kroatisch, die spricht unsere Sprache und schart jugoslawische Gastarbeiterkinder um sich wie eine Glucke, unabhängig von Alter, Geschlecht und Volkszugehörigkeit. Eine Art banatdeutscher Manifestation der Nächstenliebe, wissen Sie ... Der Mann lachte kurz auf, während sein flüchtiger Blick auf Mutter und mich eine Mischung aus Mitleid und erneut aufkommender Langeweile enthielt, und bereits so etwas wie ein „Auf Wiedersehen".

Frau Albrecht war eine in die Jahre gekommene Grundschullehrerin, die auf dem Röttererberg wohnte, in einem der wenigen älteren Häuser zwischen nagelneuen Bungalows im Stil der Siebzigerjahre. Sie toupierte ihr dunkelblondes Haar zu einer Pagenfrisur und trug die goldumrandete Lesebrille vorne auf der Nase, während ihre wachen Augen aufmerksam darüber hinwegblickten, wenn sie sich mit Mutter unterhielt.

Sie können das Mädchen gerne zu mir schicken, sagte sie freundlich auf Serbisch, mit einem starken deutschen Akzent. Allerdings haben wir zur Zeit leider keine gleichaltrigen jugoslawischen Schüler. Aber keine Sorge, ich lasse mir für ihre Tochter etwas einfallen.

Und Frau Albrecht hielt ihr Wort.

Taunasser Glanz lag am nächsten Morgen auf den golden schimmernden Kastanienblättern, die bereits von den Bäumen fielen und die sonst tadellos gefegten Bürgersteige in herrlich bunte Wege verwandelten. Sie dämpften das Klackern der Absätze eiliger Morgenpassanten und fingen jeden ihrer Schritte weich auf, während der sich langsam lichtende Nebel im Flussbett der Murg zart in der Morgensonne zerschmolz.

Ich war auf dem Weg zur Hans-Thoma-Schule, an der Frau Albrecht die zweite Grundschulklasse unterrichtete. Das Mädchen kann hier zusammen mit den Schulanfängern in aller Ruhe die ersten Sätze bilden und schreiben lernen, so Frau Albrechts kreativer Lösungsvorschlag am Tag zuvor. Und wenn ihr Deutsch gut genug ist, dass sie dem Unterricht folgen kann, werden wir sie in die Klasse ihrer Gleichaltrigen versetzen. Eine andere Möglichkeit haben wir im Augenblick leider nicht.

Meine nagelneue Schultasche, die ich schräg über der Schulter trug, fühlte sich noch ziemlich leer an, aber sie gab mir das Gefühl, mich – zumindest äußerlich – kaum von jenen Hunderten von Schülern zu unterscheiden, die um diese Morgenstunde die Gehwege der Kleinstadt füllten.

Nur in mir sah es anders aus. Zum Glück ahnte niemand unter den Jungen und Mädchen meines Alters, die fröhlich schwatzend ihren Gymnasien und sonstigen Schulen entgegeneilten, dass ich weder ihre Sprache sprach, noch eine ihrer Schulen besuchte. Niemand unter ihnen konnte wissen, zu welcher der Schulen ich unterwegs war, und ich war sicher, dass – hätten sie es gewusst – die meisten von ihnen über mich gelacht oder mich bemitleidet hätten, wobei nicht auszumachen war, was davon mir mehr zugesetzt hätte.

Und so lief ich an meinem ersten Schultag in Deutschland nicht nur neben den anderen Schülern, sondern irgendwie auch neben mir selbst her und fragte mich unentwegt, ob ich es je so weit bringen würde, eine von ihnen zu werden, während ein Gefühl von mir Besitz ergriff, das zu beschreiben mir bis heute schwerfällt – das Gefühl, eine Fremde zu sein.

Die Ritterstraße

In der Ritterstraße dreiundzwanzig der Siebzigerjahre stand ein weißes Häuschen mit einer einzigen Etage über dem Keller, und im rechten Winkel dazu ein größeres, gelb angestrichenes, zweistöckiges Gebäude. Das kleine Grundstück davor bestand aus einem winzigen Stück Rasenfläche, über der bunte Wäscheleinen gespannt waren, umrandet von einem betonierten Weg, zu schmal, um darauf nebeneinander gehen zu können. Am Ende des kleinen Hofes, direkt am Murgkanal, schloss sich ein überdachter Holzschuppen an, der die fehlenden Abstellkammern ersetzte. Darin verstauten wir gewöhnlich Kohle und Getränkekisten und hingen Wäsche auf, wenn es regnete.

Im Vorderhaus wohnten unsere Vermieter, Opa und Oma Wagenbach, wie Mutter sie nannte, ein weißhaariges Pärchen unweit des neunzigsten Lebensjahres. Herr Wagenbach war Lokführer gewesen und bereits als Geselle weit gereist, sogar nach Frankreich hinüber, wie er mir einmal zwischen zwei Pfeifenzügen erzählte. Aber das kam erst, als mein Deutsch gut genug war, um ihn zu verstehen.

Der alte Herr hatte auch in diesem hohen Alter noch eine erstaunliche Lebensenergie, und die Tatsache, dass er immer noch jedem Rock hinterherschaute, ließ vermuten, dass Frau Wagenbach es mit ihm nicht leicht gehabt haben konnte. Dennoch war seine Liebe zu ihr immer noch rührend und für jedermann sichtbar, der Augen im Kopf hatte. So brachte er seine Frau jeden Morgen nach dem Frühstück behutsam nach draußen und begleitete sie am Arm bis zur alten Holzbank, die – gleichsam wie ein einsamer, wachsamer Zeitzeuge – ihren Platz vor vielen Jahren an der Hausmauer vor der Rasenfläche gefunden haben musste, genau unterhalb der Briefkästen.

An schönen Tagen saß die alte Dame stundenlang dort, ohne dass ihre von vergangener Schönheit zeugenden Gesichtszüge verrieten, was sich hinter der immer noch anmutigen Stirn abspielte. Sie litt an Demenz und hatte keinerlei zusammenhängende Erinnerung mehr. Und obwohl ihr Stammplatz so positioniert war, dass keine Menschenseele von ihr unbemerkt hätte den Hof betreten können, stand sie dennoch in mehr oder weniger regelmäßigen Abständen auf, wortlos nach Opa Wagenbachs helfender Hand greifend, lief hinein ins Haus und wieder hinaus, diesmal mit dem Briefkastenschlüssel in der Hand, um nachzusehen, ob nicht zufällig inzwischen der Briefträger da gewesen war und möglicherweise wichtige Post eingeworfen hatte.

Ihr Ehemann, der noch überaus wach und helle im Kopf war, protestierte niemals gegen solch sinnlose Aktionen seiner Frau, und auch seine gelegentlichen, von eingeweihten Erzählern glaubhaft überlieferten Seitensprünge in jungen Jahren hatten ihrer großen Liebe nicht im Geringsten Abbruch getan. So jedenfalls sah es der alte Herr Wagenbach.

Opa Wagenbach schätzte den offensichtlichen Fleiß unserer Mutter, die unseren Lebensunterhalt mit ihrer Hände harter Arbeit verdiente, als Reinemachfrau im nahe gelegenen Krankenhaus und mit so manchem zusätzlichen Putzeinsatz nach Feierabend. Er lobte ihren Mut, sich – fast ohne jegliche Bildung – als alleinerziehende Mutter in einem fremden Land durchs Leben zu schlagen, und wenn mein Bruder und ich mit ihr in den Heimaturlaub fuhren, ließ er uns niemals ohne ein beträchtliches Taschengeld ziehen.

Unsere Wohnung befand sich im gelben Hinterhaus. Sie bestand aus zwei kleinen Räumen im Erdgeschoss und einem weiteren im Obergeschoss. Ein Wohnzimmer besaßen wir nicht, die Küche war uns das Zentrum allen sozialen Lebens. Dort stand ein Holztisch mit einem karierten Wachstuch darüber, das wichtigste Mobiliar in diesem kargen Haushalt. Der sechzehn Quadratmeter große Raum war eine hoch frequentierte Begegnungsstätte. Mutter war zu einer Art „Anwältin für jedermann" geworden, für Neuankömmlinge, Pechvögel und sonstige Gefährdete und Hilflose unter den Gastarbeitern in unserer Stadt – mitunter Landsleute aus allen Teilen Jugoslawiens. Sie erteilte nicht nur lebensnahe, praktische Ratschläge, sondern entwickelte sich zu einer wahren Seelsorgerin, besaß sie doch genügend einschlägige Erfahrung. Auch in Sachen Einsamkeit, Heimweh oder Schuldgefühle gegenüber der zurückgelassenen Familie konnte ihr so schnell keiner etwas vormachen. Stellte beispielsweise ein Ausländeramt sich quer bei der Erteilung einer Aufenthaltserlaubnis, war einem daheim die Frau davongelaufen, weil das Geld, das man monatlich nach Hause schickte, die Sehnsucht und den Liebesentzug nicht stillte, kam man mit der hierzulande üblichen jährlichen Steuererklärung nicht zurecht – bei unserer Mutter fand man meist einen brauchbaren Rat oder wenigstens ein Stück Pita, einen Teller *Sarma* oder einen Sliwowitz als Trostpflaster. Es lag auf der Hand, dass ich – kaum, dass mein Deutsch gut genug war – nicht nur die Rolle der Dolmetscherin übernahm, sondern auch manch andere Hilfestellung für unsere Landsleute, zuerst als Assistenz oder in Vertretung für meine Mutter, wenn diese nicht zur Verfügung stand, und später vollends, im Sinne der Familiennachfolge. Ob ich wollte oder nicht, war eine sinnlose Frage, denn so lange es Not gab, musste Abhilfe geschaffen werden.

Bis es so weit war, musste ich jedoch andere Hürden überwinden, das anhaltende Heimweh etwa, oder die Scham, etwas gefragt zu werden und – mangels Mut und Wortschatz – nicht antworten zu können. Wohl aus diesem Grunde gehörten die ersten Monate in Deutschland ganz und gar der Schule. Sie war mir die einzig vorstellbare Rettung aus der unerträglichen Sprachlosigkeit. Und obwohl mir für das Anfertigen meiner Hausaufgaben nie mehr als ein Viertel des Holztisches mit dem karierten Wachstuch in unserer Küche zur Verfügung stand, weil der Rest regelmäßig von Mutters Töpfen oder unserem Besuch besetzt war, war mein Lernen weder durch Platz- noch durch Ruhemangel beeinträchtigt. Es war eben alles eine Frage der Konzentration, und die stellte sich bei mir gerade dann ein, wenn es um mich herum besonders laut und lebendig zuging.

Welt und Heimat

Ich erinnere mich nicht, wann ich bemerkte, dass meine Muttersprache begonnen hatte, mir abhandenzukommen. Deutsch und die anderen Sprachen zu lernen – denn auch Englisch und Französisch waren Voraussetzung für einen höheren Bildungsweg – war mir ebenso wichtig wie das Bemühen, mich meinen deutschen Freunden und Schulkameraden anzugleichen und eine von ihnen zu werden. Ich nahm gar nicht wahr, wie die Welt, aus der ich gekommen war, mir immer mehr entrückte, als legte sich ein dichter, engmaschiger Schleier über sie, um sie auf unbestimmte Zeit in einen Dornröschenschlaf zu versetzen.

Ohne viel Mühe erreichte ich die mittlere Reife, bekam ein Stipendium für das Sprachschulinternat, und mein Deutsch unterschied sich bald kaum mehr von dem meiner Mitschüler. Immer leiser wurde in mir der Klang meiner Muttersprache. Kaum ein Vers, kaum ein Gedicht floss mehr aus mir heraus. Nur meine Briefe an Oma Dara schrieb ich noch auf Serbisch, bis uns eines Tages die Nachricht erreichte, dass sie schwer erkrankt war.

Frau Reinbek trug ihr ergrautes Haar zum Knoten hochgebunden. Ihr betagter Körper steckte in einem fein gestreiften Kostüm, aus dem ein weißer Kragen adrett hervorblitzte. Vor ihr, auf dem blank polierten Eichenschreibtisch, lag ein einzelnes Blatt Papier – der Brief, den ich ihr wenige Tage zuvor geschrieben hatte. Daneben lag, verschlossen, ein noch nicht adressierter Umschlag.

Nun, liebes Fräulein Jović, ich habe Ihren Brief gelesen und daraus entnommen, dass Ihre Großmutter in Ihrer Heimat schwer erkrankt ist. Obwohl ich mich alljährlich auf unsere gemeinsame Adventfeier freue und es mir leidtut, wenn auch nur eine Schülerin dabei fehlt, habe ich volles Verständnis für Ihr Anliegen und möchte Ihre so höflich formulierte Bitte erfüllen.

Die sonst oft strenge Schuldirektorin lächelte ungewöhnlich sanft und erfragte die Anschrift meiner Großmutter, um sie auf den Briefumschlag zu schreiben. Dann stand sie mit einiger Mühe auf, reichte mir zuerst den Brief, dann ihre zitternde rechte Hand, während sie sich mit der linken auf den Schreibtisch stützte.

Mögen Sie eine gute Hin- und Rückfahrt haben, und hoffentlich dennoch frohe Tage in Ihrer Heimat.

Vielen Dank, Frau Reinbek. Je vous en remercie. Erleichtert nahm ich den Brief und ihren Händedruck entgegen.

Schon gut, mein Kind. Wir werden Sie hier vermissen, und ich werde anlässlich unserer Weihnachtsfeier in Herzlichkeit an Sie denken. Machen Sie weiter wie bisher, Ihre Großmutter darf stolz auf Sie sein. Bitte lesen und übersetzen Sie ihr meinen Brief.

Luise Danielle Reinbek stand noch lächelnd in der Tür, als ich das Hoftor hinter mir schloss und mich noch einmal umsah.

Die Gründerin des Sprachschulinternats, in dem ich seit einigen Monaten Englisch und Französisch lernte, wurde um die Jahrhundertwende in Paris geboren, obwohl ihre Eltern zu jener Zeit in Berlin lebten. Sie waren auf der Reise zur Weltausstellung, als das Kind früher als erwartet zur Welt kam. Der Vater ein mecklenburgischer Geschäftsmann, die Mutter eine vielsprachige Reisebegleiterin aus dem Schwarzwald. So sehr unterschied sich die Welt, in die Luise Reinbek hineingeboren wurde, von jener Oma Daras, obwohl sie beinahe gleichaltrig waren. Während die eine auf den Champs Elysées und Unter den Linden spazieren ging und gleich mehrsprachig aufwuchs, bestellte die andere in den Bergen Kopaoniks den Acker und lernte niemals lesen und schreiben. Durch mich erfuhr nun die eine von der Existenz der anderen, und es schien mir, als seien dadurch die beiden Frauen zu einer einzigen hohen Instanz verschmolzen, die auch heute noch ganz vorne mitredet, sobald das Leben mir schwierige Fragen stellt.

Ich nahm den Nachtzug nach München und stieg dort in den Zug nach Belgrad um. Es war kurz vor Weihnachten, die Züge waren voll. Im überfüllten Abteil saß ich viele Stunden wach und ergab mich dem Stimmengewirr der nach langer Zeit Heimfahrenden, bis ein vertrauter Impuls mich nach Stift und Papier greifen ließ:

Kroz hladnu zimsku noć
tutnji i probija tamu
dugačak, brzi voz (...)

Die kalte Winternacht
durchschlägt donnernd und pfeifend
ein langer, schneller Zug (...)

Mein Besuch bei Oma Dara war der letzte zu ihren Lebzeiten. Schwach lag sie da, in dem Bett, das wir beide so lange miteinander geteilt hatten. Nur ihr Geist war noch hell und klar. Wie es mir denn in meiner neuen Heimat gehe, wollte sie wissen, wo ich doch so erwachsen geworden sei. Ich erzählte ihr dieses und jenes, und am Ende auch von Luise Reinbek und meinen Sprachstudien in ihrem Internat. Dann las und übersetzte ich für sie Frau Reinbeks Brief:

Liebe, verehrte Großmutter
unseres Fräulein Jović,
nur Ihren Namen kenne ich bisher und einige wenige Szenen aus Ihrem offenbar sehr entbehrungsreichen Leben. Umso mehr freue ich mich, Ihnen heute zu versichern, dass Ihr Werk in unserem Fräulein Jović längst unübersehbare Wirkung zeigt. Ich habe unter Tausenden von meinen Schülern selten einen jungen Menschen erlebt, der einer für ihn völlig neuen Kultur so wissbegierig und offen begegnet, und der dabei die Welt, aus der er kommt, mit so viel Liebe und Hingabe vertritt.
Werden Sie bald wieder gesund und genießen Sie die Tage mit Ihrer geliebten Enkelin.

Mit herzlichen Grüßen
Ihre Luise Reinbek

Erst neulich, anlässlich meines letzten Umzugs, fand ich in einer der alten Umzugskisten Frau Reinbeks Brief an Oma Dara und das schwarz-weiße Ringbuch mit schon vergilbten Blättern. Es enthält die letzten Gedichte, die während meiner Jugend in Deutschland entstanden sind, bevor mein Schreiben in der Muttersprache für viele Jahre versiegte. Unter anderem das besagte Gedicht aus dem Zug nach Jugoslawien und ein weiteres, das auf der Rückfahrt nach Deutschland entstanden ist:

U kutu kraj stare peći
sedi, pognute glave,
slabašna baka Dara. (...)

Vor ihrem alten Ofen
sitzt, mit gesenktem Haupt,
gebrechlich, Oma Dara. (...)

Die Tanzstunde

Es dauerte stets lange, bis Tante Bilja ihren schweren Körper aus der kleinen Nische zwischen Nähmaschine und Sofa herausschälte, um die Tür zu öffnen.

Komm herein, mein Herz, ist deine Mutter nicht mitgekommen?

Nein, sie putzt heute nach Feierabend noch bei Frau Doktor Landgraf.

Ich zwängte mich an Tante Bilja vorbei, um einzutreten. In der winzigen Nähstube, die gleichzeitig auch ihr Wohnzimmer war, roch es nach gebackener Paprika und frischem Brot. Spärliches Licht fiel durch das beinahe vollkommen blinde Sprossenfenster auf Berge von Kleidern, Stoffen, Garnrollen und Reißverschlüssen, die sich auf dem Tisch und auf den Stühlen türmten.

Ach, herrje ... Und wem soll ich nun aus der Kaffeetasse lesen, beschwerte sich unsere redselige Nachbarin aus der Karlstraße, während sie schwer atmend die Kochecke ansteuerte, um eine *Džezva* aufzusetzen. Was bist du hübsch geworden, Kind. Eine richtige junge Dame. Hast du den Stoff mitgebracht?

Tante Bilja redete in einem fort, ohne eine Antwort abzuwarten, während ich ein Stück weinroten Samtstoff aus dem Beutel zog, das Mutter und ich tags zuvor in der „Reste-Ecke" besorgt hatten.

Ich mochte Tante Bilja sehr, und ich liebte es, zusammen mit Mutter hierherzukommen und ihr beim Nähen zuzusehen. War ihr Körper mit den Jahren vom vielen Sitzen auch schwer und behäbig geworden, so schienen ihre Hände davon nichts mitbekommen zu haben. Flink und geschickt flogen ihre fleischigen Finger hin und her, wühlten sich wissend und gezielt durch den Stoff, legten Kante auf Kante und zogen ihn glatt. Dann ratterte die gut geölte Singer-Maschine für eine Weile auf Hochtouren, während die Stimmen der beiden Frauen lauter wurden, bis die Naht stand und der Lärm nach und nach verebbte.

Ihr Handwerk war Tante Bilja zugleich Steckenpferd und ein unverzichtbares Zubrot, denn Onkel Mikas karger Verdienst reichte trotz Schichtarbeit und Überstunden für die getrennt lebende Familie nicht aus. Das Studium des längst erwachsenen Sohnes in Belgrad wollte nicht enden, und die Tochter hatte zum Leidwesen der Eltern einen „Möchtegernmaler" geheiratet, dessen vermeintliche Untreue und „brotlose Kunst" die noch junge, kinderreiche Familie ins Unglück stürzte. Währenddessen war der vor Jahren begonnene Bau eines Familienhauses in der Vojvodina erst bis zum Rohbau gediehen. Da kam es auf jeden Pfennig an, und wenn der Wagen für den lang ersehnten Heimaturlaub beladen wurde, musste neben mancherlei Geschenken für die Großfamilie auch das eine oder andere günstig erworbene Waschbecken verstaut, ja ganze Badewannen auf den Gepäckträger gehievt werden, auch wenn der Unterboden des alten Opels jeweils gefährlich absank und keine Handbreit mehr zwischen ihn und die Fahrbahn passte.

Ich schob einen Stapel Kleider ein wenig zur Seite, um mich zu setzen und sah Tante Bilja beim Mokkakochen zu, während eine stille Vorfreude von mir Besitz ergriff, ein leises Träumen, das die Nähstube unserer Nachbarin für einen Moment in einen glitzernden Tanzsaal verwandelte. Wie oft hatte ich hier neben Mutter gesessen und mir mit Tante Biljas Stoffresten die Zeit vertrieben, indem ich sie in ersten ungeschickten Nähversuchen zu bunten Kissen oder Tischdecken zusammenfügte, während die beiden Frauen sich gegenseitig aus der Kaffeetasse lasen und ihren jeweils aktuellen Kummer teilten. Und nun war ich gekommen, um den unwahrscheinlichsten jener Träume wahr werden zu lassen, die in solchen Stunden meine Gedanken fesselten. Gleich würde ich Tante Biljas Mokka austrinken, die Tasse kurz schwenken und kopfüber auf die Untertasse stürzen, um danach endlich ihre volle Aufmerksamkeit zu gewinnen, für mich und meinen kühnen Plan, entworfen auf kariertem Papier ...

Doch an dieser Stelle wich meine Vorfreude der bangen Frage, ob es Tante Bilja gelingen würde, aus einem einfachen Stück roten Samtstoffes und meiner ungelenk schemenhaften Zeichnung ein richtiges Ballkleid zu zaubern.

Was der Spiegel an meinem siebzehnten Geburtstag hergab, war so unfassbar wie elysisch. Aus einem mageren, unscheinbaren Küken mit kurzen braunen Haaren, das ebenso als Junge durchgegangen wäre, war endlich ein Jemand geworden, eine junge Frau, die ich selbst noch nicht kannte und die mich jetzt so merkwürdig aus dem Spiegel anschaute, eine Fleisch gewordene Fata Morgana, ein Hirngespinst, das jedoch unübersehbar Tante Biljas Meisterwerk trug.

Das Stück roten Samtes aus der „Reste-Ecke" hatte sich in eine edle Robe verwandelt, und ich sah mich schon darin über dem Parkett der Müllerschen Tanzschule schweben. Für das jugoslawische Mädchen aus Krčmare öffnete sich plötzlich eine geheime Tür zur Welt, und ich trat hinaus, ohne Angst und hoch erhobenen Hauptes, mit all dem verborgenen Reichtum in mir, der darauf wartete, mit anderen geteilt zu werden.

Die Bescheidenheit unseres Heims in der Ritterstraße, die Entbehrungen meiner Kindheit waren vergessen, ich schämte mich derer nicht mehr. Stattdessen wuchs das Gefühl, dass ich unendlich viel zu geben hatte und dass dieser Reichtum am ehesten den Namen Liebe verdiente.

Als ich den Tanzkurs erwähnte, erhob Mutter keinen Einwand – ungeachtet unserer bescheidenen Finanzen und obwohl sie mich sonst nur in Begleitung meines Bruders ausgehen ließ. Ein Mädchen tut gut daran, beizeiten tanzen und gesellschaftlich auftreten zu lernen, sagte sie leise, während ihr Blick seltsam wehmütig umherwanderte und ihre Stimme für Momente an Kraft verlor. Doch dann lachte sie wie befreit auf und nahm mich fest in den Arm, um sich auf diese Weise unbemerkt eine Träne aus dem Augenwinkel zu wischen.

Bald danach entdeckte ich den Tanz als eine rauschhafte Leidenschaft und die Tanzstunden als eine willkommene Gelegenheit, endlich alleine ausgehen zu dürfen.

Nur meinen Wunsch, von Jungen meines Alters wahrgenommen zu werden, schien Mutter nicht zu verstehen. Immer noch sah sie in mir das Kind, das sie Jahre zuvor in der Heimat zurückgelassen hatte. Indessen war die Welt jener frühen Siebzigerjahre ohnehin verrückt geworden, wie Mutter sich ausdrückte. Drogen hatten Hochkonjunktur, und wenn einem die jungen, Jeans tragenden, langmähnigen Gestalten den Rücken zukehrten, konnte man „Männlein und Weiblein gar nicht mehr voneinander unterscheiden". Es fiel mir schwer, die Ängste meiner Mutter anzunehmen, ja sie beleidigten mich geradezu. Oma Dara hatte doch dafür gesorgt, dass ich die wichtigen Lektionen des Lebens früh verinnerlichte. So hatte eine Frau „sich für den einen Mann aufzubewahren, der der Vater ihrer Kinder werden würde".

Das rote Samtkleid kam anlässlich unseres Abschlussballes zum Einsatz. Mit den besten Tänzern glitt ich über das Parkett dahin, gleichsam wie Cinderella, das Aschenputtel, das die bescheidene Erdgeschosswohnung im Stadtteil Dörfel für eine kurze Zeit verlassen hatte, um sich in eine Prinzessin zu verwandeln.

Der Prinz trug eine ziemlich schrille Krawatte und eine blonde, schulterlange Mähne. Als er mich in einer Tanzpause ansprach, sah ich in ein schmales, für einen Mann ungewöhnlich weich gezeichnetes Gesicht, mit wachen, hellblauen Augen. Ich mochte ihn sofort, aber hätte die unsichtbare Fee, die zu jenem unvergessenen Märchen gehört, mir damals zugeflüstert, dass dieser heitere, beredte Junge eines Tages der Vater meiner Kinder werden würde, ich hätte ihr kaum Glauben geschenkt.

Seit dem besagten Abend in der Tanzschule sind viele Jahre vergangen. Der deutsche Prinz und seine serbische Prinzessin gehen schon lange getrennte Wege. Nur die beiden Jungen, die aus dieser Liebe stammen, die ganz nach Oma Daras Vorbild begann, zeugen lebendig davon, dass es sie gab und dass sie keine Grenzen kannte.

Vaters letztes Wort

Belgrad 1999 war grau und schmutzig. Uns empfing eine Kälte, die tief unter die Haut kroch, und sie hatte nicht nur mit Košava zu tun, dem gefürchteten Ostwind, der jeden Winter die Stadt erreicht, von Đerdap die Donau hinaufpeitschend. Kalt und bedrückend düster wirkten auch die Straßen und Fassaden der ausgemergelten Stadt. Terazije, Ulica Maršala Tita, Slavija – überall herrschte Chaos. Die Metropole war in ihrem Inneren zum Erliegen gekommen. Niemand regelte den Verkehr. Die unbeteiligt herumstehenden Polizisten, die verzweifelt hupenden Autofahrer, der unsägliche Lärm, der Gestank von undefinierbarem Benzinersatz – Anarchie und Aggression hingen in der Luft. Was war aus Belgrad geworden?

Der Krieg hatte mit seiner vernichtenden Handschrift die Züge der Menschen tief gezeichnet. Niedergeschlagenheit kreuzte sich darin mit Angst, Verzweiflung und Trauer, und vielen war anzusehen, dass sie all das nicht mehr lange ertragen würden.

Unser Vater war gestorben, und mein Bruder und ich waren Hals über Kopf aus Deutschland aufgebrochen, um ihn zu beerdigen. Unterwegs erreichte uns die Frage unserer Halbgeschwister, ob wir ihn noch einmal sehen wollten. Nein, so wir beide nach einigem Zögern. Nein, wir wollten ihn in Erinnerung behalten, wie er war, als er noch lebte.

In der kleinen Friedhofskapelle hatten sich Menschen um den Sarg versammelt, von denen wir nur wenige kannten.

Das sind sein Sohn und seine jüngste Tochter, die Kinder seiner zweiten Frau. Das Flüstern hörte ich, während ich den Sarg küsste und zu begreifen versuchte, dass unser Vater darin lag, bereit, uns dieses Mal für immer zu verlassen.

Draußen tobte ein Schneesturm. Die um den Sarg zusammengerückten Menschen, der Gesang des Popen, der Geruch von Wachs und Weihrauch erzeugten in diesem kleinen Raum eine stille Geborgenheit, wie sie in seinem Leben nur selten vorgekommen war.

Im Namen des Vaters und des Sohnes und des Heiligen Geistes, sang der Pope, während ich mich aufrichtete und den Platz neben meinem Bruder einnahm, den die Menschen für uns geschaffen hatten.

Der Sarg meines Vaters ruhte schwer auf den Schultern seiner Söhne und Freunde. Die kleine Trauergemeinde dahinter hatte Mühe, gegen den Schneesturm anzukommen. Nasse, fauchende Kälte ließ die Finger erstarren und biss in unbedeckte Haut.

Am offenen Grab angekommen, strauchelten die Träger des Sarges und ließen ihre Last ungelenk herunter. Dabei rutschte der Sargdeckel etwas zur Seite, man hatte wohl vergessen, ihn festzunageln.

Ich sah geradewegs in das Gesicht meines toten Vaters. Friedlich lag er da, ein wenig blass, auf dem Kopf seine geliebte Schildmütze. Da begann unser Dialog.

Er scherzte und bat um Verzeihung für den kleinen Zwischenfall, doch würde er Wert darauf legen, diese Welt nicht zu verlassen, bevor er seine letzte Botschaft losgeworden sei.

Gut, Vater, du hast ein Recht auf dieses letzte Wort. Er schien zu lächeln, und seine Stimme hatte jenen weichen, warmen Ton, wie immer, wenn er mit mir sprach.

Ein Jammer, sagte er, dass ich ausgerechnet jetzt gehen muss, wo es wieder Hoffnung gibt in diesem seltsamen Land, das ich immer noch liebe, obwohl es mich ein Leben lang wie einen Aussätzigen behandelt hat. Nur selten habe ich mich hier verstanden gefühlt, meist abgelehnt, ausgestoßen und angeklagt ... Verzeiht mir, ein guter Vater war ich euch nicht. Grüßt eure Mutter, sie hat es schwer gehabt, mit mir und ohne mich ... Und passt gut auf euch auf. Kraft und Verstand habt ihr ja, und Liebe genug.

Der dumpfe Aufprall hart gefrorener Erde auf dem Holz des zurechtgerückten Sargdeckels unterbrach jäh unser Zwiegespräch. Der Košava nahm einen neuen Anlauf und trieb große, eisige Schneeflocken wild vor sich her. Irgendwo rief, betroffen, eine Nebelkrähe.

Café Moskva

Im geräumigen Café des Hotel Moskva fand ich Platz vor einer der riesigen Scheiben, mit Blick auf Terazije. Ich wärmte meine Hände über der Kerze und bestellte einen Kaffee, von dem man in Serbien seit Kriegsbeginn nicht mehr weiß, ob man ihn „türkisch" oder „unser" nennen soll.

Hier war Vater Stammgast gewesen. Menschen, die ihn gut kannten und die sich seines jeweils aktuellen Verbleibs nicht sicher waren, brauchten einfach nur ab und zu im Café Moskva vorbeizuschauen. Hier fand man ihn häufig, und die, mit denen er sich traf, hätten zusammen eine ziemlich illustre Runde abgegeben. Darunter fehlte es, sagte man, weder an Geschäftsleuten noch an Künstlern und Philosophen, ebenso wenig jedoch an kleinen und großen Gaunern und manchem armen Schlucker – ein seltsam schillerndes Abbild der Belgrader Gesellschaft.

Darf ich Ihnen noch etwas bringen?, fragte eine freundliche Stimme, die zu einem in adrettes Schwarzweiß gekleideten Ober gehörte. Ich bat um einen *Vinjak* und eine Schachtel *Drina*.

Živeli, ćale, neka ti je laka zemlja! (Zum Wohle, Vater, möge die Erde leicht auf dir ruhen!)

Mit klammen Fingern holte ich eine der kurzen, filterlosen Zigaretten aus der rotweißen Schachtel ohne

Cellophan, und für einen Augenblick sah ich ihn auf dem Plüschsessel neben mir sitzen. Er trug, wie immer, ein blütenweißes Hemd. Die silbernen Manschettenknöpfe blitzten aus den Ärmeln des karierten Jacketts hervor, dessen feinem Tuch die vielen Jahre des Tragens deutlich anzusehen waren. Ruhig und konzentriert zündete er eine Zigarette an und blies den Rauch genussvoll in den Raum, während er sich mit Zeigefinger und Daumen ein paar lästige Tabakbrösel von den Lippen rieb.

Er rauchte ausschließlich Drina und aß lieber gar nicht als ohne Stil und Genuss. Alkohol trank er selten und in Maßen, ein gutes Gespräch liebte er mehr als den Rausch. Das galt freilich für die guten Zeiten seines unsteten Daseins, wenn sein Portemonnaie nicht ganz leer war und er zumindest vorübergehend ein verlässliches Dach über dem Kopf hatte.

Draußen wurde es zusehends heller. Mattes, verhaltenes Sonnenlicht stieg über den Dächern empor und berührte jetzt bereits die Spitzen der Baumkronen in der Straße der serbischen Herrscher, wie man die ulica Maršala Tita inzwischen getauft hatte. Der Schneeregen hatte aufgehört. Eilige Passanten falteten ihre Schirme zusammen, und das geschäftige Treiben des frühen Arbeitstages nahm seinen gewohnten Lauf.

Die Bilder unseres zerrissenen Lebens liefen in schwarzweißen Sequenzen vor mir ab und wiederholten sich immer und immer wieder, wie in einem defekten, notdürftig zusammengeflickten Endlosfilm mit irreparablen Brüchen ... und plötzlich schien eines von ihnen sich in den Vordergrund zu schieben, um schmerzlich an Deutlichkeit zu gewinnen.

Jenseits der weißen Linie

Die weiße Linie in der Mitte des Gefängnishofes gibt mein Gedächtnis zuerst frei. Sie hat sich mit aller Schärfe und Klarheit dort eingebrannt. Als Nächstes höre ich die Schritte der Gefängniswärter, die, uniformiert und bewaffnet, an ihr entlangmarschieren, hin und her, mit teils ausdruckslosen, teils scharf beobachtenden Augen. Links und rechts neben uns eine lange, endlos scheinende Reihe von Menschen – Männer, Frauen und Kinder. Schweigend starren wir zu den flach gebauten Baracken, weit hinten am Ende des Hofes.

Meine Hände fühlen sich kalt an, trotz der sengenden Mittagssonne des wolkenlosen Tages. Es ist der 10. August 1965. In etwa einem Monat werde ich zehn Jahre alt. Der junge Mann neben mir ist mein Halbbruder. Wir befinden uns auf dem Gelände des gefürchteten Zuchthauses in Niš, das den arglosen Namen „Kazneno-popravni zavod" trägt, was so viel heißt wie „Straf- und Besserungsanstalt". Der Mann, auf den wir hier warten, ist unser Vater.

Einige der Wartenden stehen nicht still genug, sie werden von den Wärtern ermahnt. Einen Schritt zurück, hinter die weiße Linie, seid ihr schwer von Begriff? Die Stimme ist laut und dreist. Mein Halbbruder bemerkt mein Zittern und drückt meine Hand.

Ich sehe ihn nicht an, schaue weiter stur geradeaus, hin zu den geschlossenen Türen der weiß gestrichenen Gebäude.

Wie war mein Vater hier hineingekommen? Sie hatten es mir nicht erzählt, weder Oma Dara noch mein Halbbruder, der gestern plötzlich bei uns erschienen war, um mich auf Vaters Wunsch hierher mitzunehmen. Niemand hatte mir je etwas darüber gesagt, dass mein Vater seit vier Jahren im Gefängnis saß. Nur die schweren Seufzer meiner Großmutter und das Kopfschütteln ihrer Gesprächspartner, wenn sie über ihn sprachen, verrieten deutlich, dass es ein geheimes Unglück geben musste, das unser Leben umwob und den Namen unseres Vaters belastete.

Minutenlang stehen wir schon hier. Minuten, die sich wie Stunden hinziehen. Dann – ein lautes Kommando. Die Wärter unterbrechen ihren Streifengang und vergewissern sich des Vorhandenseins ihrer Waffen. Drüben, am langen Flachbau, gehen einige Türen auf. Wie scheue Schattengestalten treten in gestreifte Kleider gehüllte Menschen heraus, einer nach dem anderen, eine Handvoll von ihnen durch jede offene Tür. Ihre rasierten Köpfe sind mit ebenso gestreiften Mützen bedeckt. Sie gehen langsam, beinahe zögernd, flankiert von bewaffneten Männern. Die kurzen Reihen münden ineinander und bilden einen endlosen Zug, der auf uns zukommt.

Mein Atem gerät durcheinander, ich spüre einen furchtbaren Krampf in Brust und Bauch. Die Menschen neben uns beginnen zu weinen, einige laut, andere still. Die schwarz-weiße Kolonne erreicht die

Mitte der weißen Linie. Namen werden gerufen und der jeweils Aufgerufene seinen Besuchern zugeführt. Umarmungen finden nicht statt. Berührungen sind nicht erlaubt. Wachposten schreiten auf und ab, auf beiden Seiten der weißen Linie. Auf ihr wächst zusehends eine unsichtbare, unnatürliche Mauer.

Unser Name ist zu hören, und auf uns zu kommt ein hohlwangiger, ausgemergelter Mann, in dessen warmen Augen und vertrautem Lächeln ich meinen Vater erkenne. Seine Stimme klingt schwach und verändert, ihr seid hier, wie schön, ich bin glücklich, euch zu sehen. Er schaut mich an, und sein Blick verrät all den Schmerz und die zurückgehaltene Sehnsucht, und seine Tränen fließen und fließen, und schließlich gibt er es auf, sie mit dem Ärmel seines gestreiften Hemdes abzuwischen. Der salzige Geschmack auf meinen Lippen verrät mir, dass auch ich längst weine und dass wir eins geworden sind mit all den vielen Leidenden vor uns und neben uns, auf dieser und auf der anderen Seite der weißen Linie.

Ich komme hier bald heraus, sagt mein Vater, ich lebe für den Tag, an dem ich euch umarmen darf.

Ich sehe ihn an, und da erkenne ich, dass er uns in Wahrheit nicht freiwillig verlassen hat, und ich lache ihn an und spüre eine unbeschreibliche Genugtuung, die dem Gefühl des Geliebtwerdens entwächst und all die Kopfschüttelnden und hinter vorgehaltener Hand Flüsternden Lügen straft, denn was wissen sie schon über meinen Vater und seine Liebe zu uns Kindern, und ich beginne zu ahnen, dass die weiße Linie nicht die Schuldigen von den Unschuldigen, sondern lediglich die Verurteilten von den Nichtverurteilten trennt, und dass ich viel zu wenig über den Menschen weiß, der mein Vater ist, und noch viel weniger über die Welt und das Leben, mit seinen verworrenen, undurchschaubaren Gesetzen und Widrigkeiten.

Ich danke

Monika Gras
Lisa Schell
Klara Oberst
Jürgen Teipel
Peter H. Gogolin
und meinen VIA-Freunden

für ihren kritischen Blick und ihre
vielfältige Unterstützung,

meiner gesamten Familie
und all meinen anderen engen Vertrauten

für ihren Beistand und ihren Glauben an mich
und mein Werk,

Inge Holzheimer
Albert und Elke Völkmann
Herbert Woyke

für ihren wertvollen poetischen und professionellen
Beitrag, ohne den dieses Buch nicht geworden
wäre, was es ist.

Glossar

Arhiđakon Stefan jede serbisch-orthodoxe Familie hat
einen eigenen Hausheiligen und Schutzpatron, der jähr-
lich mit Festen gefeiert wird, in diesem Fall der Heilige
Archidiakon Stefan. Die Ikone muss nach Osten zeigen
und von einem Priester gesegnet werden. Fällt das Fest
in eine Fastenzeit, muss das Festmahl fleischlos sein

Avlija Hof; aus dem Türkischen ins Serbische übernommen

Badnjak Weihnachtsbaum (in der Regel ein Eichenbaum)

Badnji dan (Heiligabend) wird in Serbien unserer Zeitrechnung nach am 6. Januar, bei den serbisch-orthodoxen
Christen nach dem julianischen Kalender am 24. Dezember gefeiert. Bei Tagesanbruch wird ein Weihnachtsbaum,
der Badnjak, im Wald gefällt. Zunächst wird er an die
Hauswand gelehnt und erst abends zusammen mit
etwas Stroh und Weizen ins Haus gebracht; er soll
Glück, Segen und Frieden bringen

Božić (Weihnachten) unserer Zeitrechnung nach vom 7.
bis einschließlich 9. Januar, bei den serbisch-orthodoxen
Christen nach dem julianischen Kalender vom 25. bis
27. Dezember. Der Weihnachtsmorgen beginnt mit dem
Hereinholen von frischem Wasser und dem Empfang
des ersten Besuchers, der besonders bewirtet wird und
ein Geschenk erhält. Der Gast bricht einen Zweig vom
Badnjak ab, rührt damit im Feuer und spricht währenddessen Segenssprüche. Es folgt der Gang in die Kirche
und das – nach der 40-tägigen vorweihnachtlichen
Fastenzeit – erste festliche Frühstück. Weihnachten ist
neben Ostern einer der beiden wichtigsten serbisch-
orthodoxen Feiertage

Doksat Veranda eines der typischen Dorfhäuser, deren Bauweise nach osmanischer Art durch halbrunde, scheibenlose Fenster über einer hüfthohen Außenmauer geprägt ist; aus dem Türkischen übernommen

Drina starke, filterlose Zigaretten

Džezva Kupfergefäß zum Kaffeekochen, mit langem Griff

Fića Kleinstausgabe des FIAT-PKW in den sechziger Jahren

Kajmak eine serbische Streichkäsespezialität

Klack-Klack der Zugräder das Geräusch entsteht, wenn die Zugräder über Schienenstöße fahren

Kopaonik das Gebirge liegt im Süden Serbiens, etwa 260 km südlich von Belgrad und ist das größte des Landes. Sein höchster Berg, Pančićev vrh, ist 2.017 m hoch

Pihtije Sülze auf serbische Art

Pogača in der Regel ohne Hefe hergestelltes Brot

Sarma Krautwickel

Sliwowitz Zwetschgenschnaps, serbische Schreibweise: šljivovica

Toplica größter linker Nebenfluss der Südlichen Morava. Er ist 130 km lang und entspringt im östlichen Teil des Kopaonik-Gebirges, unterhalb von Pančićev vrh

Vinjak serbisch: Weinbrand

Dragana Oberst, geboren im ehemaligen Jugoslawien, im Südwesten Serbiens, lebt seit 1970 in Deutschland. Die Autorin absolvierte ein wirtschaftsorientiertes Studium und arbeitete viele Jahre im Bereich des internationalen Wissenstransfers. Heute widmet sie sich vor allem dem Schreiben, dem Übersetzen und der Erwachsenenbildung.

Mehr unter www.dragana-oberst.de

Bibliografische Information der deutschen Nationalbibliothek:
Die Deutsche Nationalbibliothek verzeichnet diese Publikation in der Deutschen
Nationalbibliografie; detaillierte bibliografische Daten sind im Internet über
http://dnb.dnb.de abrufbar.

2. Auflage 2019
Die Originalausgabe erschien 2014 im A1 Verlag, München

Satz, Typographie, Umschlagentwurf & Gestaltung: Konturwerk, Herbert Woyke
Gesetzt aus der 11,2/14 Punkt Dante MT regular
Titelmotiv: Dragana Oberst privat

Herstellung und Verlag: BoD – Books on Demand, Norderstedt
ISBN 978-3-7481-6741-9